ERRI DE LUCA

I pesci non chiudono gli occhi

Published by arrangement with Susanna Zevi Agenzia Letteraria
Prima edizione ne "I Narratori" settembre 2011
Prima edizione nell'"Universale Economica" maggio 2012

Stampa Nuovo Istituto Italiano d'Arti Grafiche - BG

ISBN 978-88-07-72369-8

"A che serve baciare la tua polvere?
Io sono la tua polvere."

ITZIK MANGER

“Te lo dico una volta e già è troppo: sciacqua le mani a mare prima che metti il morso all’esca. Il pesce sente odore, scansa il boccone che viene da terra. E fai tale e quale a come vedi fare, senza aspettare uno che te lo dice. Sul mare non è come a scuola, non ci stanno professori. Ci sta il mare e ci stai tu. E il mare non insegna, il mare fa, con la maniera sua.”

Scrivo in italiano le sue frasi e tutte insieme. Quando le diceva erano scogli staccati e molte onde in mezzo. Le scrivo in italiano, senza la sua voce a dirle nel dialetto sono spente.

Iniziava spesso con la “e”. A scuola insegnano che non si comincia un periodo con una congiunzione. Per lui la frase era la continuazione di un’altra detta un’ora, un giorno prima. Parlava poco, a spazi larghi di silenzio mentre sbrigava le faccende di una barca a pesca. Per lui si trattava di un solo discorso, che ogni tanto si staccava di bocca con la “e”, lettera che a scriverla disegna un nodo. Ho imparato dalla sua voce a iniziare frasi con la congiunzione.

Ci vedeva qualcosa di buono in me, bambino di città che d'estate veniva sopra l'isola. Scendevo alla spiaggia dei pescatori, stavo i pomeriggi a guardare le mosse delle barche. Con il permesso di mamma potevo andare su una di quelle, lunghe, coi remi grossi come alberi giovani. A bordo facevo quasi niente, il pescatore si faceva aiutare in qualche mossa e mi aveva insegnato a muovere i remi, grandi il doppio di me, stando in piedi e spingendo il mio peso su di loro a braccia tese e in croce. Pianissimo la barca si spostava e poi andava. Quel risultato mi faceva grande. Al pescatore serviva in qualche momento la mia piccola forza ai remi. Non mi faceva accostare agli ami, alle lunghe lenze col piombo di profondità. Erano attrezzi di lavoro e stavano male in mano ai bambini. In terraferma, a Napoli, invece stavano eccome i ferri e le ore di lavoro sui bambini.

Mi faceva gettare l'ancora. Avevo raggiunto i dieci anni, un groviglio d'infanzia ammutolita. Dieci anni era traguardo solenne, per la prima volta si scriveva l'età con doppia cifra. L'infanzia smette ufficialmente quando si aggiunge il primo zero agli anni. Smette ma non succede niente, si sta dentro lo stesso corpo di marmocchio inceppato delle altre estati, rimescolato dentro e fermo fuori. Tenevo dieci anni. Per dire l'età, il verbo tenere è più preciso. Stavo in un corpo imbozzolato e solo la testa cercava di forzarlo.

Finite le scuole elementari con un anno di anticipo, in quell'estate ero già uscito dalla prima media. Era ammessa finalmente la penna a sfera, tolto il grembiule nero, niente più calamaio, pennino e carta assorbente, detta carta zuca in dialetto, carta succhia.

Ero cambiato in testa e mi sembrava in peggio. Nell'età in cui i bambini hanno smesso di piangere, invece cominciavo. L'infanzia era stata una guerra, intorno i bambini morivano più dei vecchi. Niente del loro tempo era un giocattolo, anche se lo giocavano accaniti. A me era risparmiato, però dovevo meritarmi il tempo.

Me ne stavo rinchiuso nell'infanzia, per balia asciutta avevo la stanzetta dove dormivo sotto i castelli di libri di mio padre. Salivano da terra sul soffitto, erano torri, cavalli e fanti di una scacchiera messa in verticale. Di notte entravano nei sogni le polveri di carta. Nell'infanzia ai piedi dei libri, gli occhi non conoscevano le lacrime. Facevo il soldatino, il giorno era turno di su e giù nel poco spazio della sentinella.

All'arrivo dei dieci anni il cambiamento, la bastionata dei libri non bastò più a isolare. Dalla città arrivarono tutt'insieme le grida, le miserie, le ferocie all'assalto delle orecchie. C'erano anche prima, però tenute a bada. A dieci fu collegato il nervo tra il dolore di fuori e le mie fibre. Piangevo e mi vergognavo peggio che pisciare a letto. Una canzone, i trilli di un canarino accecato per cavare di gola più limpida la nota del richiamo, una prepotenza nel vicolo: salivano i fremiti di lacrime e di collera, spingevano fino al vomito. Un vecchio si soffiava il naso, si stringeva i panni addosso sbirciando in alto in cerca di spiraglio, un cane con la coda tra le zampe inseguito dal sasso di un bambino: una dissenteria degli occhi mi faceva scappare in gabinetto.

Pure il grido strozzato del venditore d'aglio mi scuoteva il petto. Gli usciva a stento sotto le altre voci. Ma come, non faceva ridere il richiamo che invitava a consumarlo: "Accussì nun facite 'e vierm'", così non fate i vermi?

No, nella sua voce diventava un espediente disperato. Piangevo con l'asciugamano sulla bocca. Rimedio per smettere era guardarmi allo specchio: la mia faccia scomposta dalla smorfia mi disgustava al punto di fermarmi. Se capitava a scuola, dovevo fingere un dolore allo stomaco e chiedere di andare al gabinetto. Lì ci potevo stare poco, succedevano cose misteriose, le porte non chiudevano e poteva entrare un adulto all'improvviso.

A dieci anni cominciai a cantare a bassa voce. La grancassa della città bastava a coprire, ma dovevo nascondere il movimento delle labbra. Ci mettevo la mano, le dita a toccare gli zigomi, il palmo a fare da sipario. Mi piace ancora adesso cantare così, mentre guido. Per un effetto acustico che ignoro, sale alle orecchie un suono intenso e nitido. A scuola lo facevo durante le spiegazioni o a finestre aperte quando entrava il frastuono della città gremita. A molti spiace il chiasso dei motori, invece lo preferisco a quello delle voci. Salivano a piramidi di strilli per bisogno di scaraventarsi fuori dalla gola, più che per rivolgersi a qualcuno. Le voci della città gremita volevano annientarsi, ognuna pretendeva di sopprimere le altre. Preferivo motori, suonerie, campane, il gas sonoro che sprigiona da sé l'addensamento. Mano sulla bocca intonavo il canto per le orecchie.

Piangevo, cantavo, mosse clandestine. Attraverso i libri di mio padre imparavo a conoscere gli adulti dall'interno. Non erano i giganti che volevano credersi. Erano bambini deformati da un corpo ingombrante. Erano vulnerabili, criminali, patetici e prevedibili. Potevo anticipare le loro mosse, a dieci anni ero un meccanico dell'apparecchio adulto. Lo sapevo smontare e rimontare.

Di più mi dispiaceva la distanza tra le loro frasi e le cose. Dicevano, anche solo a se stessi, parole che non mantenevano. Mantenere: a dieci anni era il mio verbo preferito. Comportava la promessa di tenere per mano, mantenere. Mi mancava. Papà s'infastidiva in città a prendere per mano, per strada non voleva, se provavo si liberava infilandosela in tasca. Era una respinta che mi insegnava a stare al posto mio. Lo capivo perché leggevo i suoi libri e sapevo i nervi e i pensieri che stavano alle spalle delle mosse.

Conoscevo gli adulti, tranne un verbo che loro esageravano a ingrandire: amare. Mi infastidiva l'uso. In prima media lo studio della grammatica latina l'adoperava per esempio di prima coniugazione, con l'infinito in -are. Recitavamo tempi e modi dell'amare latino. Era un dolciume obbligatorio per me indifferente alla pasticceria. Più di tutto mi irritava l'imperativo: ama.

Al culmine del verbo gli adulti si sposavano, oppure si ammazzavano. Era responsabilità del verbo amare il matrimonio dei miei genitori. Insieme a mia sorella eravamo un effetto, una delle bizzarre conseguenze della coniugazione. A causa di quel verbo litigavano, stavano zitti a tavola, i bocconi facevano rumore.

Nei libri c'era traffico fitto intorno al verbo amare. Da lettore lo consideravo un ingrediente delle storie, come ci stava bene un viaggio, un delitto, un'isola, una belva. Gli adulti esageravano con quell'antichità monumentale, ripresa tale e quale dal latino. L'odio sì, lo capivo, era un contagio di nervi tirati fino al carico di rottura. La città se lo mangiava l'odio, se lo scambiava col buongiorno di strilli e di coltelli, se lo giocava al lotto. Non era quello di adesso, aizzato contro i pellegrini del Sud, meridionali, zingari, africani. Era odio di mortificazioni, di calpestati in casa e appestati all'estero. Quell'odio metteva aceto nelle lacrime.

Intorno a me non lo vedevo e non lo conoscevo il verbo amare. Avevo appena letto il *Don Chisciotte* intero e mi ero confermato. Dulcinea era latte cagliato nel cervello del cavaliere eroico. Non era dama e si chiamava Aldonza. Ho saputo poi che per i lettori è un libro divertente. Lo prendevo alla lettera e mi faceva piangere di rabbia la batosta che doveva subire a ogni capitolo.

I suoi cinquant'anni arditi e rinsecchiti erano per me a quel tempo l'età di cornicione per chi rasenta l'abisso da sonnambulo. Temevo per Chisciotte da un capitolo all'altro. Giusto la mia malizia di lettore mi rassicurava: il libro conteneva pagine davanti a centinaia, non poteva morire nelle prime. Mi faceva lacrime di rabbia lo scrittore che ammaccava di colpi la sua creatura. E dopo le bastonate, le sconfitte, a maggior penitenza gli spalancava gli occhi, lo squarcio di un momento, per fargli vedere la realtà miserabile com'era. E invece aveva ragione lui, Chisciotte, secondo i miei dieci anni: niente era come sembrava. L'evidenza era un errore, c'era ovunque un doppio fondo e un'ombra.

In prima media si poteva usare la penna a sfera. "Shsh-crivete": all'ordine del maestro si impugnava il pennino e s'intingeva. Se l'angolo della punta sulla carta era largo, la goccia d'inchiostro si precipitava sul foglio. Se l'angolo era stretto, non scorreva e si grattava a vuoto. Indice e medio s'impregnavano dell'unto di quel blu. A corredo il foglio di carta assorbente: gli scolari poveri non lo potevano acquistare e allora asciugavano col fiato, ma soffiato giusto, a regime di brezza per non spargere inchiostro. Al fiato misurato le lettere tremavano lucenti, come fanno le lacrime e le braci.

All'istituto della scuola media non c'era la sezione femminile, era a sesso unico. Alla fine delle lezioni i ragazzetti andavano all'uscita delle scuole medie femminili. A tempo perso li seguivo, era di strada per tornare a casa. Là davanti il suono delle voci arrivava all'isteria. Richiami, strilli, risate, spinte, una folla di piccoli uomini s'infilava nell'altra ottenendo i primi contatti a struscio coi corpi del misterioso sesso opposto. Erano due mazzi di carte nuove, intersecati fitti e fragorosi. Maschile e femminile esasperavano le loro differenze per piacersi.

Restavo spalle al muro sul marciapiede a guardare i corpi districarsi. Eravamo nati dopo la guerra, eravamo la schiuma che resta dopo la mareggiata.

L'aria si appesantiva di brillantina e liquirizia. Guardavo il quarto d'ora dell'uscita senza capirlo. Non stava ancora in nessun libro quella generazione. Perché provavano attrazione per una ressa da vasca delle anguille? Mi prendeva sconforto per loro e per me. Non ci saremmo incontrati mai. Neanche sopra l'isola d'estate, loro ai bar nei pomeriggi dove si pagava la musica infilando una moneta nel jukebox, io a nuotare o alla spiaggia dei pescatori a vedere la tirata delle reti a terra.

La corda era spessa un bastone, zuppa d'acqua, trascinata a riva da dodici braccia. Guadagnavano il metro a centimetri, a comando di un capo che dava ritmo musicale alla tirata. Intorno assisteva gente di mare e io che cercavo di mischiarmi, di non dimostrare ch'ero forestiero. Ma pure coi pantaloni scoloriti blu, la canottiera bianca e i piedi scalzi portavo addosso puzzo di città.

All'arrivo del sacco terminale si rovesciava sulla rena ghiaiosa il bianco luccicante del pescato, scintillava di vita in faccia al sole che calava poi dietro le terrazze delle vigne.

La pesca con la rete è l'unica che non si arrossa di sangue. Le donne con le ceste basse facevano veloci cernita e spartizione. In altri pomeriggi andavo al molo con la lenza e un paio di vermi cercati nella sabbia la mattina. Restavo seduto in attesa di qualche toccata, per le otto rientravo e lì finiva il giorno dell'estate. Quell'anno dei miei dieci ebbi il primo permesso di uscire anche dopo la cena. Sull'isola smisi di piangere e cantare.

Mia sorella, due anni di meno, era una catapulta di istinti. Espandeva intorno i suoi umori del momento, senza freno. Al risveglio era una furia scatenata contro il mondo che la disturbava con la scuola e il resto. Poi si scalmanava in ogni gioco, preferendo quelli con la palla. Mi chiedeva di giocare nello stretto spazio tra le stanze con una piccola palla a calcio indiavolato, spinte, pizzichi, strilli, pedate e sue vittorie, culmine di baldoria. Avrebbe poi imparato il ping-pong, il tennis, la pallavolo. Aveva l'estro di trovare gli angoli, i suoi colpi partivano da un istinto di geometria, svolta con stile, che è una leggerezza nello sforzo.

Rispetto a me casalingo, era attirata da quello che succedeva fuori, stava molto al balcone. A scuola era la più ricercata compagnia, invitata a pranzo e il pomeriggio dalle altre scolare. E ci dormiva pure. Quell'estate era invitata in varie case. Conosceva a memoria pagine di *Via col vento*, sapeva litigare e se gridava, ammutoliva il vicolo. "Signo' l'avita fa' canta', accussì sfoga," dicevano a mamma le donne del palazzo. Era così strepitosamente diversa di temperamento da credere che uno di noi due era stato scambiato in culla, io probabilmente. Era appassionata di circo, quando d'inverno si accampava il tendone a Fuorigrotta era obbligatorio andarci e tutti e quattro, lei non ammetteva defezioni. E se la spassava con applausi, strilli e alla fine il clown l'alzava dalla sedia e se la portava in pista sulle spalle a fare una galoppata a girotondo. Lassù toccava l'apice della sua meritata gloria.

Da grande girerà il pianeta con un circo, pensavo di lei, invece è rimasta a Napoli. E forse ha avuto ragione, fuori di lì non esiste circo maggiore al mondo.

Quell'anno primo delle medie ero stato rimandato a ottobre in matematica. Scoprii l'evidenza della mia inferiorità. Non seguivo i passaggi da una operazione all'altra. Senza saper chiedere, rimanevo indietro. Vedevo gli altri correre sui numeri e io fermo alla partenza. La scoperta dell'inferiorità serve a decidere di sé. L'accettai senza umiliazione, era solo da ammettere. C'erano campi sconfinati del sapere che non avrei sfiorato. A ottobre superai l'esame, non la lezione della mia incapacità. Nessuna abilità in qualcosa ha potuto correggere la notizia di scarsità che ho di me stesso.

Mi dava ripetizioni al tavolo di un bar un giovane maestro dell'isola. Calvo, con un riporto di capelli da una tempia all'altra, gli usciva una vocina dal naso più che dalla bocca. Prendeva in giro la mia difficoltà e mi fece bene la sua variante della mortificazione: "Tu si' 'nu guaglione a posto, com'è che si' accussì scemo in matematica?".

Mi accosto attraverso la scrittura al me stesso di cinquant'anni fa, per un mio giubileo privato. L'età dei dieci non mi ha attirato a scrivere, finora. Non ha la folla interiore dell'infanzia né la scoperta fisica del corpo adolescente. A dieci si sta dentro un involucro che contiene ogni forma futura. Si guarda fuori da presunti adulti ma stretti in una taglia minima di scarpe. Prosegue la definizione di bambino, dovuta alla voce e ai giocattoli in disuso, ma ancora conservati.

Continuavo a leggere qualche giornaletto illustrato, ma di più i libri che mi riempivano il cranio e mi allargavano la fronte. Leggerli somigliava a prendere il largo con la barca, il naso era la prua, le righe onde. Andavo piano, a remi, qualche parola non capìta la lasciavo stare, senza frugare nel vocabolario. In attesa di intenderla, restava approssimata. Dovevo arrivarci da solo, definirmela attraverso altre occasioni, a forza di incontrarla.

Cinquant'anni dopo mi accosto a quell'età di archivio dei miei formati successivi. Lontano da lì ho consumato il grasso di quel me stesso, cancellando varianti. In quel corpo sommario c'era la commozione e la collera degli anni rivoluzionari, nel latino c'era l'addestramento alle lingue successive, nel cratere del vulcano c'erano le montagne che avrei salito a quattro zampe. Nelle macerie riposate della guerra c'era quella di Bosnia che avrei attraversato, e le bombe italiane su Belgrado dell'ultimo anno del 1900 che avrei accolto affacciato alla finestra di un hotel con vista sopra Danubio e Sava.

Destino, secondo definizione, è un percorso prescritto. Per la lingua spagnola è più semplicemente arrivo. Per uno nato a Napoli il destino è alle spalle, è provenire da lì. Esserci nato e cresciuto esaurisce il destino: ovunque vada, l'ha già avuto in dote, metà zavorra e metà salvacondotto. Nei racconti di mamma, nonna, zia, c'erano i grandi magazzini delle storie. Le loro voci hanno formato le mie frasi scritte che non sono più lunghe del fiato che ci vuole a pronunciarle.

Sulla spiaggia quell'estate mi accanivo sugli schemi dei cruciverba, dei rebus, di anagrammi e di crittografie. Se non li risolvevo non guardavo la soluzione pubblicata nel numero seguente. Lasciavo i vuoti alle spalle e proseguivo. Oggi credo che l'enigmistica sia una buona scuola di scrittura, addestra all'esattezza del vocabolo che deve corrispondere alla definizione richiesta. Esclude quelle affini e l'esclusione è gran parte del vocabolario di chi scrive storie. L'enigmistica mi ha fornito la dote giocoliera necessaria alle parole. Quello che credevo allora un vizio solitario è stato invece l'officina meccanica della lingua.

Non chiedevo aiuto agli adulti, l'informazione di un nome, di un fatto sconosciuto. Capitava invece che chiedessero a me. Era un punto delicato, se avevo la soluzione dovevo stare attento a presentarla. Non potevo dirla e basta, era saccenteria. “Ce l’ho sulla punta della lingua, sono sicuro che comincia con...” Se non ci arrivava, dopo un po’, fingendo di aver pensato solo a quello, dicevo la parola. Avevo imparato gli adulti dai libri, sapevo come averci a che fare. Coi coetanei invece non sapevo, oltre i turni obbligati della scuola non condividevo uno svago.

Sotto l’ombrellone vicino, una ragazzina del Nord passava il tempo a leggere libriccini gialli, gli stessi che mia nonna consumava in un giorno. Sbalordivo che si potesse leggere tutt’un libro in un giorno. Sulle righe passo lento anche adesso, vado a piedi rispetto a chi legge a velocità di bicicletta. La ragazzina leggeva così, svelta e da niente intorno richiamata. La madre la interrompeva invitandola a un tuffo, a rinfrescarsi. Rovesciava sull’asciugamano il libro aperto e seguiva l’invito senza fastidio, senza slancio nemmeno. E non faceva mosse schizzinose al contatto con l’acqua, c’entrava leggera, come in un’altra stanza. Nuotava dorso e rana, dieci minuti e risaliva. Strizzava sulla sabbia le sue ciocche castane, si asciugava e si stendeva a leggere.

La guardavo per curiosità. Pure lei al voltapagina guardava veloce dalla mia parte, seria, con un punto d'interrogazione tra le sopracciglia. Non mi passava neanche al largo il pensiero di un'attrazione. Nessun effetto mi faceva al corpo, il suo disteso a leggere. Il mio restava chiuso, nemmeno mi spiegavo perché in città piangevo e al mare no. Doveva essere il sale, che mi stava addosso per una stagione, a fare scudo.

La ragazzina non assomigliava a quelle che uscivano nella ressa mista dalla scuola. Faceva intorno a sé l'effetto opposto, di silenzio e spazio. Passava un motoscafo di legno luccicante, uno strascico bianco dietro all'elica, si faceva ammirare. Lei non si voltava. Passava il vaporetto delle undici e scaricava ondate spassose per chi ci sapeva fare. Le madri si schieravano di sentinella, qualcuna chiamava un figlio fuori del metro del controllo, lei niente, indifferenza universale. Mi congratulavo con la sua strafottenza meridionale che di certo non sapeva di possedere.

Mi accorgevo della novità: facevo caso a una persona coetanea. Mai mi sarei permesso l'iniziativa, "Che leggi?". Lo sapevo già.

Dopo il vaporetto delle undici mamma mi dava venti lire per un ghiacciolo al bar. Andavo a gustarmelo sotto la palafitta del terrazzo. Mentre facevo la compera s'avvicinò anche lei, chiese lo stesso. Mentre scartavamo i ghiaccioli disse: "Leggo libri gialli". Come se fosse la più solita cosa risposi a bassa voce: "Lo so, porto gli stessi a mia nonna ogni domenica. Lei li legge il lunedì e aspetta per il resto dei sei giorni".

"Andiamoci a sedere," disse, e feci strada, non fino ai pali, mi fermai sui gradini di legno.

"Che classe fai?" chiesi.

"Non sprechiamo tempo con le stupidaggini. Tu perché sei così?"

Tirai a indovinare e risposi: "Mi piace tutto quello che è scritto, i giornali, gli elenchi. So a memoria la lista delle consumazioni e i prezzi del bar. Leggo tutto".

"Anch'io, ma questo non spiega perché non stai con loro," e guardò verso un gruppetto che giocava a palla sulla sabbia.

"Non ci so stare, non mi piacciono i loro giochi. Il pomeriggio vado a nuotare o alla spiaggia dei pescatori a vedere la tirata delle reti. Un uomo che conosco mi porta qualche volta a pesca sulla barca. So remare un poco."

"Io sono una scrittrice.."

Mi stupii, tirai col naso, da vicino accolsi meglio l'unto di mandorla che usava a protezione. Da noi c'era abitudine di scottarsi e dopo le bolle d'acqua, da bucare con l'ago, cresceva la pelle dell'estate, una seconda spessa e cupa. Lei si spalmava addosso un tubetto francese che voleva dire: bagno di sole. Non era una definizione appropriata. Nelle parole crociate non l'avrebbero usata. Il bagno si poteva fare al sole, non di sole. Altrimenti si trattava di bagno di crema. La pubblicità, già lo sapevo, preferiva la suggestione all'esattezza. Era un odore giusto addosso a lei.

"Caspita, scrittrice, allora sai come sono fatti i grandi, le loro mosse. Pur'io le so, ma non ho scritto niente, non voglio che si accorgono di essere scoperti."

"Non so niente di grandi, non mi importano, io scrivo storie di animali. Studio il comportamento: con il corpo si scambiano discorsi lunghi che a noi durano un'ora e neanche ci capiamo. Cerco di fare come loro, di non sprecare tempo."

Venne verso di noi sua madre, per reazione di beneducato mi alzai in piedi e dissi: "Buongiorno signora, mi chiamo...", la donna forzò un sorriso e passò oltre di noi sulla scala.

"Hai fatto la mossa del cucciolo di lupo," disse lei.

"Non ho sprecato tempo?"

"Gli animali si salutano molto. E adesso ti saluto io." Si alzò e seguì sua madre. Mi voltai verso la mano che reggeva il ghiacciolo. Squagliato, stringeva un bastoncino vuoto.

Papà era negli Stati Uniti. Quarto figlio di un'americana venuta in Italia a inizio di 1900, aveva preso da lei il richiamo di laggiù. Sposò un napoletano, un nonno sconosciuto che se ne sta serio in qualche fotografia, in nessuna sorride. Papà aveva desiderato l'America da quando era bambino. A Natale arrivava un baule da New York coi regali spediti dalla nonna, che non avrebbe mai visto. Duravano un anno intero quei giocattoli. L'America era quel baule e la lingua di sua madre. Nell'età in cui poteva andarci, c'era stata la guerra fascista contro gli Stati Uniti.

Per non dover combattere contro il suo sangue si era arruolato, lui napoletano, nel corpo degli alpini, spedito in Albania. L'arrivo degli americani a Napoli lo aveva assai deluso. Comandavano gli italoamericani, Charles Poletti e gli altri, erano Little Italy non America. A sentire loro dire "paisa'" gli salivano i brividi. I suoi scaffali erano carichi di letteratura di laggiù. La leggevo anch'io, mi piaceva, andavano per le spicce, niente introspezione ma racconti di uomini e di spazi. Erano fatti per la velocità e per il lavoro. Lui si considerava americano al cinquantun per cento. Collezionava da piccolo i francobolli della corrispondenza tra sua madre e sua nonna. Il più bello raffigurava l'Isola di Terranova, avamposto per chi viene dall'Atlantico. Quell'Ovest gli aveva concentrato i desideri.

Stava laggiù finalmente quell'estate: a New York. Mancava la sua energia sotto l'ombrellone. Mi trascinava per i piedi a mare, facevo in tempo a lasciare la penna e il giornaletto enigmistico prima di entrare in acqua appeso a lui. Mi schizzava, mi affondava, mi caricava in spalla e da lì mi scaraventava in aria. Accettavo quello strapazzo che mi giustificava: dopo di lui nessun altro gioco valeva il paragone. Era l'unico padre a comportarsi così, nessun altro si sfrenava coi figli in libertà, alla pari. Faceva un po' di scandalo e di invidia.

Quell'estate non ero trascinato per i piedi, restavo all'ombrellone a leggere qualunque cosa scritta.

Mancava sulla spiaggia anche la catapulta a molla di mia sorella. La nostra formazione era più che dimezzata senza l'energia scrosciante di loro due. Mi portavo dietro una cartolina coi saluti da New York. Col bastoncino di ghiacciolo sciolto sulla mano pensai che l'indomani la potevo mostrare alla ragazzina.

"Mio padre è negli Stati Uniti. Lui dice America, ma preferisco dire la nazione, esiste anche l'America del Sud."

"Che ci è andato a fare? L'emigrante?"

Il giorno dopo, alle undici, dopo il vaporetto, ci ritrovammo allo scalino. Stavo più attento al ghiacciolo. Prima, all'ombrellone, c'eravamo scambiati solo un saluto con la testa.

"No, ci è andato con l'aereo. Però sta cercando lavoro. Starà via nove mesi, la durata del visto. Se farà fortuna, ci chiamerà a raggiungerlo."

C'erano volute un mucchio di carte bollate al consolato, serviva pure un "affidavit" dagli Stati Uniti e alla fine mancava il "security check", i precedenti politici. Papà aveva vissuto a Roma nel dopoguerra e ci voleva l'informativa di quella questura. Arrivata pure quella, le altre formalità furono le foto al consolato, di faccia e di profilo, la posa delle impronte digitali e le vaccinazioni. Gli Stati Uniti ci andavano cauti con i forestieri. Invece ai profughi che in quegli anni passavano per l'Italia non si chiedeva quasi niente, perché nessuno voleva stabilirsi da noi.

All'epoca gli aerei per gli Stati Uniti facevano scalo in Irlanda e da lì salivano sopra l'Oceano Atlantico a cinquemila metri di quota, oggi volano al doppio.

"Vi scrive da lì? Che racconta?"

"È andato a vedere *Guernica*, il quadro di."

"Lo so, racconta, non sprecare tempo."

A me sembrava che ne avevamo in quantità, che potevamo regalarlo a chi ne era agli sgoccioli. Già: si può fare un pacchetto con il tempo dentro, e offrirlo per Natale? Ne avevo un mucchio, il mio e in più quello che stava dentro i libri. Però doveva avere ragione lei, e gli animali, a non sprecare il tempo. Quello assegnato dura quanto quello non sprecato, il resto va perduto.

"Su, racconta, sbrigati."

"Eh, ci provo, scusa, non sono abituato a parlare."

"Bene, anche gli animali usano poco la voce, tranne i cani e non li sopporto."

"Lui è mezzo americano, sua madre è nata negli Stati Uniti ma si è sposata a Napoli. Non è più tornata laggiù."

"È morta?"

"No, andiamo a trovarla di domenica."
"È lei che legge i libri gialli in un giorno?"
"No, quella è la mamma di mamma."
Vidi la signora che veniva verso di noi, stavo per alzarmi, lei mi trattenne, alzò la testa e fece a sua madre un no con il collo, così brusco che la donna si fermò e tornò indietro.
"Continua."
"Scrive che a New York c'è odore di nafta e di tabacco. Ha visto un film con Montgomery Clift e Elizabeth Taylor. È entrato in Central Park, ha visto i prati dentro la città. Da noi alla Villa Comunale erba non ne cresce, non fa a tempo. Poi è stato a Long Island, in un ristorante ha trovato camerieri di Genova. È andato a piedi a Brooklyn passando sotto la casa dove abitava sua nonna, che spediva a Natale un baule di regali. E poi è salito sopra il grattacielo."
"L'Empire State Building?"
"Sì, quello."
"E il puma l'ha visto?"
"Sicuro, lo prende per tornare a casa."
"Il puma?"
"Il pullman." Pensavo che al Nord si pronunciava diverso.
"Che pullman? Il puma, il leone delle montagne."
"No, non l'ha scritto."

"Magari l'ha visto, l'ha incontrato e non ve lo ha scritto per non spaventarvi."

"Io credo a quello che trovo scritto. A voce si dicono un sacco di bugie. Ma quando uno le scrive, allora è vero."

"Non ci avevo pensato, è giusto. Quando scrivo storie di animali, loro fanno tutte cose vere."

"Pure se scrivi che un asino vola?"

"Non scrivo scemenze, ma se scrivo che ho visto una farfalla andare a piedi, è vero. Mi credi?"

"Sì, però è meglio se lo vedo scritto."

Venne di nuovo incontro a noi sua madre. Lei si alzò e pure io per farmi da parte e lasciare più spazio sulle scale di legno. Intorno, dei ragazzini mi facevano il verso. Guardai verso di loro e risero. Sulla parete delle cabine trovai scritto col gesso che amavo la ragazzina, c'erano i nostri nomi. Amore? Due che si parlano seduti? Non sapevano niente del verbo amare che faceva guai dentro i romanzi. Mi venne voglia di cancellare, poi ci ripensai. Ci vuole strafottenza quando si sente sparlare. Mia madre aveva un proverbio, quando sentiva dire male di qualcuno: "Al cavallo iastemmato (ingiuriato) le luce 'o pilo (gli brilla il pelo)".

Mamma sulla spiaggia fuma e legge il giornale quotidiano, tutto quanto. Vuole sapere cosa succede nel mondo, specie in America. Quando va a mare la guardo, sorveglio che non capita niente. Non vuole fare il bagno insieme a me. Quando risale mi rimetto a leggere. La ragazzina mi guarda. Ricambio, però sto attento a mamma quando è in mare. Non fa vedere che papà le manca, oppure non le manca. Leggiamo insieme le lettere. L'ultima raccontava un bagno nell'oceano, ondate che buttavano a terra, alta marea che in mezz'ora copre centinaia di metri. Da noi sposta centimetri. Laggiù è esagerato per vocazione.

All'ora del ghiacciolo ci siamo seduti ai nostri gradini bassi e sono venuti dei ragazzini a giocare a pallone. Avevano fatto la porta tra i pali, ho capito che volevano tirarmi pallonate. Puntavano apposta verso di noi. Ho cambiato posto per coprire la ragazzina. Ho parato con un braccio due tiri, poi uno sbagliato è finito nel bar. È sceso il bagnino e li ha mandati via, con lui non si scherza. Ho capito che ce l'hanno con me quei ragazzini, sono più grandi, un anno almeno. A scuola succedono antipatie, non ci bado, ma qui mi dispiace per lei che non c'entra.

Mi parla di animali. L'ippopotamo cammina sotto l'acqua e là sotto fa le sue assemblee. Decide sul fondo del fiume quello che deve fare a terra. Là sotto è più leggero e gli vengono le migliori idee. Quando entra in acqua fa scappare i coccodrilli. Mi sono meravigliato perché i coccodrilli fanno paura anche ai leoni. Lei dice che gli ippopotami sono più forti. Le ho chiesto se ha scritto questa storia. Ha detto di sì. Chiede a me dei pesci. Racconto la murena che ha la pelle opposta a quella del leopardo, le macchie sono gialle sopra il nero. Se morde, serra le mandibole a lucchetto e non le apre neanche se muore. Racconto la tràcina che sta sotto la sabbia del mare e ha una spina velenosa sulla schiena. Fa un gran male a metterci il piede sopra. Ce l'ho messo e ho avuto dolori forti al piede e per il corpo, pure in testa. Il bagnino ha detto a un bambino di fare la pipì sul mio piede. Quello non voleva, si vergognava, ma col bagnino non si scherza e così mi ha fatto la pipì calda sulla pianta del piede. Io stavo girato a pancia sotto e non ho visto.

Lei ascolta e non ride, questo mi piace perché è una scena che di solito fa divertire chi la sente e non ha conosciuto la spina della tràcina. Piano piano il dolore si è calmato. Papà mi ha detto che la pipì contiene l'ammoniaca, è quella che fa effetto. Lei ascolta attenta, accosta le sopracciglia marroni, rientra in bocca un po' del labbro superiore. La guardo e non mi volto di qua e di là, la guardo fissa mentre racconto. Lei sente anche con gli occhi. Ha voluto sapere dove sta la spiaggia dei pescatori e il molo dove calo la lenza il pomeriggio. Si vuole orientare, non mi chiede le strade ma i punti cardinali. "Il molo è a sud, il tramonto succede a sinistra." Poi ci siamo salutati.

Sono andato a fare l'ultimo bagno. Uno dei ragazzini delle pallonate, un grassone, mi è venuto dietro. Ho sentito che diceva agli altri: "Mo' lo faccio bere". Non sono tornato indietro all'ombrellone, sono sceso in acqua. Si è tuffato di pancia e veniva verso di me, nuotava sbattendo le braccia sull'acqua. Mi sono rigirato sul dorso e ho battuto il mio nuoto imparato in piscina. Sono allenato, non ce la faceva a starmi dietro, ha arrancato, è tornato a riva. Ho nuotato fino a una spiaggetta e sono arrivato a piedi all'ombrellone. Mamma era pronta e mi ha sgridato. Mi lascia libero sopra l'isola ma ci tiene agli orari. Chiesto scusa, le ho preso la sacca da spiaggia e siamo andati a casa, due stanze in affitto, vicino al mare.

Dopo pranzo mi piace pescare col retino, frugo gli scogli. A quell'ora mamma riposa. Sono ore roventi, l'aria scricchiola di caldo e di cicale. Vado scalzo, sotto i piedi cresce d'estate una suola che non sente scottare. Succede anche alle mani dei fornai.

All'ora che si sveglia le faccio il caffè, poi esco di nuovo.

La sera leggo un libro acquistato da papà, racconti di inglesi nelle loro colonie dell'Oceano Indiano. Ci sono delitti ma non c'è da scoprire l'assassino. Ho ricopiato una frase: "Il rimorso non tormenta chi l'ha fatta franca". Oggi so che è vera. Allora fu la scossa che scombinò le notizie religiose. Rimorso, confessione erano conseguenze inevitabili del crimine. Invece il libro diceva niente strascico di pena a chi la passa liscia. Esisteva una variante per la quale il delitto non comportava peso. Fu una scossa da sottoterra. S'incontrano, leggendo, frasi sismiche.

Dopo la prima comunione a otto anni andavo in chiesa la domenica, da solo. Papà era socialista, mamma non amava il rito e mia sorella era piccola per venire con me, non potevo badare alla sua sfrenatezza. Sull'isola smettevo di andare in chiesa. In città era un posto di buon respiro. C'era spazio di aria sulla testa, distanza di persone tra di loro, il chiasso della strada si riduceva al resto di un'onda dentro una conchiglia. Sull'isola non c'era bisogno di quello.

L'isola era mano aperta, a settembre le viti erano gonfie, chiedevano di essere raccolte. Il grappolo schiacciato in bocca un acino per volta, scalzo di pomeriggio sulla terra felice dei passi di un bambino: quello era il più giusto dei grazie, non raggiunto da nessuna preghiera.

Il libro degli inglesi raccontava altre isole, affiorate in vastità dell'emisfero sud che è quasi solo acqua. Riportava notizie dall'immensità che dà sgomento agli uomini che non ci sono nati. Lo scrittore era esperto di quel mondo di bianchi sudati, spediti a governare popoli svelti di sorriso e di coltello. L'isola che abitavo mi andava giusta di misura, come il Mediterraneo che è grande ma tenuto nel grembo delle terre. Dopo quelle spiagge d'infanzia nessun tropico, Oceania mi ha attirato. L'isola me ne ha esaudito il desiderio.

A dieci anni la modestia del mio corpo mi istigava a sparire. Camminavo inventando di essere invisibile. Mi tradivano i pantaloni blu e la canottiera bianca, per la strada camminavano da soli, senza me dentro, ma nessuno ci faceva caso. Di notte nudo sul letto potevo scomparire tutto intero.

Alla spiaggia dei pescatori i vecchi riparavano le reti, seduti a gambe larghe, le mani che facevano da sole. Gli occhi poco vedevano, nessuno portava gli occhiali. Quello che c'era da vedere, le mani l'avevano già imparato a memoria. Facevano a naso libero, guardando innanzi verso il mare, che era anche dentro di loro. Dondolavano a riva come in barca. I bambini si davano da fare intorno a qualche rottame, il gioco preferito era imparare a fare. Chiedevano di essere messi alla prova, pulivano le barche dalle incrostazioni, ingrassavano lo scalmo dove passava il remo. Pochi erano i legni a motore.

Mi salutavo con il pescatore che qualche volta mi portava al largo. Viveva in una stanza sulla spiaggia insieme a moglie e figli. Usciva di notte a posare il filo dei palamiti e aspettava sul mare che le esche lavorassero nel buio, che i pesci preferiscono. Poi tirava su i cento ami distesi sul fondo di una secca. Rientrava anche con niente, rimettendoci le alici date in esca. Qualche volta un buon pesce addentava e si ficcava in tana tirandosi dietro il filo. Allora andava bene essere in due, lui a tirare e uno ai remi a spingere nella direzione giusta. Come cavare un dente, va trovato il verso di estrazione. Certi pesci in tana arrivano a resistere alla forza di una barca, allora si spezza il filo a doppio nylon e vince il pesce. Oppure perde e allora sale in superficie la furiosa cernia, tutta collo e mascella, scippata dalla tasca del mare. Altre volte il pesce che aveva abboccato era attaccato e sbranato da altri pesci.

"Mestiere senza sorte," dicevano tra loro. "'O facimmo sulo p'a ncannarienzia", lo facciamo solo per il desiderio ostinato. Una cernia valeva una nottata a mare.

Mamma conosceva il pescatore, qualche notte quieta mi lasciava andare. Mi dava una maglia di lana leggera, grezza che pizzicava addosso. Aiutavo ai remi mentre lui immorsava le esche e le calava a mare una per una. Finita la stesura si aspettava. L'isola era lontana, un mucchietto di luci. Sdraiato a prua sulla corda dell'ancora, guardavo la notte che girava sulla testa. La schiena oscillava piano per le onde, il petto si gonfiava e si sgonfiava sotto il peso dell'aria. Cala da così in alto, da un così profondo ammasso di buio da premere le costole. Qualche scheggia precipita in fiamme spegnendosi prima di tuffarsi. Gli occhi provano a stare aperti ma l'aria in caduta li chiude. Rotolavo dentro un sonno breve, interrotto da una scrollata del mare. Ancora adesso nelle notti sdraiate all'aperto, sento il peso dell'aria nel respiro e un'agopuntura di stelle sulla pelle.

Usciva a stento qualche parola notturna. Era giusto il silenzio dell'uomo nella notte. Non lo guastava la nave che sfilava all'orizzonte le luci mute, il risciacquo di un rumore di remi in avvicinamento Nel buio lo scambio di saluto con sole vocali, che le consonanti non servono a mare, se le inghiotte l'aria. Quello che stava intorno a loro era risaputo, si muovevano a memoria di ciechi in una stanza.

Poi pianissimo un principio di grigio stingeva il punto di orizzonte detto oriente. Da lì iniziava lo sfascio del buio, saliva il chiaro dal basso e quando sulla barca si vedevano le nostre mani, cominciava il raccolto. Una sillaba m'indicava il cambio di remata. Saliva a bordo il pesce catturato, batteva di coda sul legno l'ultima difesa. Il pescatore lo afferrava per la testa, gli sfilava l'amo. A volte era inghiottito fino in gola e allora si doveva tagliare il nylon col coltello, lasciargli l'amo dentro.

Quando il sole era sgusciato intero dal mare e salito più in alto della barca, avevamo finito. Si metteva lui ai remi per tornare svelti. Mi addormentavo a prua, la canottiera in testa. A casa mamma, appena sveglia, chiedeva della pescata e poi delle mani. "Fammele vedere." Gliele davo sul dorso, lei me le girava: "Così te le sciupi", e poi per presa in giro: "Fai le mani cafone".

A spingere i remi veniva qualche vescica, il sale ci aggiungeva il suo. Si formavano i primi calletti sulle mani mai messe al lavoro. Per il bambino che ero, quello era niente di più di un gioco serio, non l'asservimento dei miei coetanei in città, chiusi nelle botteghe o a correre su e giù per le consegne, da prima luce a sera. Molto più tardi mi sarei trovato le mani trasformate dagli arnesi.

Sulla spiaggia dovevo stare in guardia. Ero diventato un bersaglio, inventavano modi per darmi fastidio. A mare non potevano seguirmi, a terra erano in tre e cercavano pretesto. Stavo leggendo il giornaletto dell'enigmistica, steso sulla rena, passavano di corsa vicino per schizzarmi la sabbia addosso. Lo facevano a turno. Qualche minuto e ricominciavano. A mare avevo preso un riccio. Lo nascosi a un pelo sotto la sabbia, accanto al giornaletto. Passò il primo che lo mancò di poco, il secondo aveva le ciabatte, il terzo scalzo lo schiacciò e saltò in aria a molla. Atterrò con un grido e si rotolò sulla sabbia fino al mare. Arrivarono gli altri due a vedere la pianta del piede punzecchiata dai puntini neri. È un dolore noioso, con olio e pinzetta vanno cavati fuori uno per uno. Il riccio calpestato lo avevo spinto lontano. La ragazzina aveva visto. Prima di me aveva capito che c'entrava lei nell'antipatia di quei tre verso di me.

Guardavano furiosi dalla mia parte, continuavo a leggere. Avveniva a mia insaputa la rivalità maschile. Me ne parlò lei, sorpresa dalla mossa del riccio, l'uso di un animale come arma. Mi raccontava che nella stagione degli amori i maschi si battono per accoppiarsi alle femmine in estro. Buffa parola per me, collegata all'arte.

"Come da noi con la guerra di Troia," volli dire, per gli studi recenti.

"Non è lo stesso, da noi si aggiunge la volontà di sopraffare il vinto, tra gli animali è solo battaglia per l'amore."

Pronunciata da lei quella parola non era ammuffita. La diceva con una "o" rotonda, opposta alla mia chiusa. Le feci il verso esagerando la sua “o”.

“E allora? Cosa ti fa ridere? Amore: una parola molto rispettabile in natura.”

“Scusa, mi ha sorpreso la tua ‘o’ larga.”

“Tu come la dici?”

Mi vergognavo a dire.

“Allora? Ti vergogni? Sei ancora un bambino.”

“Amor’.”

“Vedi? Non fa ridere. È una cosa seria. Per gli animali è la più forte spinta quando arriva. Dimenticano di mangiare, bere. Ho sentito i richiami dei cervi nei boschi a fine settembre. Fanno nel buio un suono cupo per chiamarsi tra maschi alla battaglia. Dalla voce capiscono la forza e il peso dei rivali. Spingono il fiato così forte da dover tenere il collo al cielo per lasciarlo uscire, altrimenti li soffoca. Nei boschi mi ci ha portato mio padre una volta, è un cacciatore.”

M’incantavo a sentirla, guardandola in faccia, addirittura in bocca.

“Eravamo ancora nel buio ma prossimi dell’alba. Si bloccò d’improvviso e mi fece stare a terra, tolse il fucile di spalla, lo imbracciò. Mi spaventai, gli dissi pianissimo:

no. Mi azzittì con una mossa brusca della mano tolta dal grilletto. Prese la mira e vidi anch'io da terra cosa puntava, un paio di corna larghe. Ripetei il mio pianissimo no, lui fece un gesto anche più secco. Mirò. Io non potevo fare niente, né chiudere gli occhi né tapparmi le orecchie. Tirò un respiro e mentre lo sfiatava fece: 'Bum!'."

"Sparò?" diss'io pianissimo.

"No, fece bum con la bocca e poi abbassò il fucile. Non mi ha più portato con sé. Fece così per odio o per amore?"

Non si aspettava una risposta, la dissi lo stesso: "Secondo me bum è amore".

Sorrise come quando succede la sorpresa di un ricordo. "Mio padre non c'è più da due anni. Lo scorso autunno a novembre sono andata al cimitero. Faceva già freddo, non era stagione di farfalle. Invece una bianca è venuta a volare vicino e si è posata sopra il mio ginocchio, dove lui metteva la mano. Amo gli animali, sanno di noi e noi niente di loro." C'era in lei la fermezza che ho riconosciuto nella voce dei ciechi.

Quel giorno andai a prendere due ghiaccioli al bar. Mentre tornavo, uno dei tre mi arrivò da dietro e con uno schiaffo me li gettò a terra. Tornai all'ombrellone dicendo che mi erano caduti. La ragazzina aveva visto.

"Devi stare attento."

"Mi spiace, reggevo male, sono caduti."

"Sul serio, devi stare attento."

Mi alzai per andare a mare, si alzò pure lei. Scese in acqua posandosi come fa una foglia, io come affonda un remo. Controllai se eravamo seguiti.

"Non vengono," disse, "davanti a me non si misurano con te che sei più bravo in acqua."

Non sarei arrivato a quel pensiero, neanche mi ero accorto della sua prontezza. Non risposi, confuso di essere stato scoperto a preoccuparmi.

"Il trucco del riccio te lo faranno pagare."

Invece di reagire mi calai sott'acqua. Emersi a fine fiato con le idee più chiare.

"L'ho scontata con i ghiaccioli."

"Non sei un ippopotamo, sott'acqua non ragioni meglio. Quello era solo un dispetto, hanno altro in mente."

"Come fai a saperlo?"

"Lo so e basta."

"Non ho paura," dissi, e era vero. Non mi spaventava avere dei nemici.

"Non fa differenza se hai paura o no. Devi prevenire le loro mosse."

"E come? Se neanche so le mie. E poi dico

davvero, non mi fa paura farmi male, essere ferito. Non mi importa. Il mio corpo non mi sta a cuore e non mi piace. È infantile e io non sono più così. Lo so da un anno, io cresco e il corpo no. Rimane indietro. Perciò pure se si rompe, non importa. Anzi, se si rompe, da lì dovrà venire fuori il corpo nuovo." Dissi queste parole con una strana foga e serietà. Fu spiazzata, ci pensò su.

"Ehi, vacci piano con te, mi hai spaventata." E si calò sott'acqua. Mi immersi anch'io per tirarla su e lei mi prese la mano. Uscimmo a respirare, lei teneva ancora la mia mano.

Mantenere, il mio verbo preferito, era successo. Come fa a saperlo? Pensai e mi risposi: lo sa e basta. Non avevo toccato niente di così liscio fino allora. Ora so neanche fino a oggi. Glielo dissi, che il suo palmo di mano era meglio del cavo di conchiglia, mentre risalivamo a riva, staccati. "Lo sai che hai detto una frase d'amore?" disse avviandosi verso l'ombrellone.

Una frase d'amore? Neanche so cos'è, che le è venuto in mente? Ne sa più di me per via degli animali, ma si è sbagliata. Ho detto una frase di stupore. Il tatto è l'ultimo dei sensi ai quali sto attento. Eppure è il più diffuso, non sta in un organo solo come gli altri quattro, ma sparso in tutto il corpo. Mi guardai la mano, piccola e tozza e pure un poco ruvida. Chissà cosa avrà sentito nella sua. Non potevo chiedere, poteva essere per sbaglio una domanda d'amore.

Papà si trova bene a New York. Scrive che gli fa impressione la libertà. È cresciuto nella dittatura e poi nella guerra. La libertà gli fa effetto di giostra. Mamma pure è cresciuta con le stesse oppressioni, ma lei si adatta subito. Mi ha detto che al ritorno in città cambiamo alloggio. Ce ne andiamo dalle stanzette in fondo agli scalini, saliamo in un appartamento. "E papà?" ho chiesto. Quando torna ci raggiunge, lei gli manda l'indirizzo nuovo.

Settembre è una rinascita del naso, ritornano gli odori schiacciati dal caldo. È bastata una piovuta e si è svegliata la terra, come la faccia mia la mattina sulla bacinella. È salita nell'aria la presa della resina di pino, delle carrube, del fico d'India. Niente discesa a mare, il libeccio ha tenuto a riva i pescatori. Soffia meridionale e guappo da non potere stendere i panni. Mi piace il napoletano che dice, alla spagnola, viento e tiempo. Infila il guizzo di una "i" che li fa svelti, insolenti e senza presa.

Ho passeggiato alla loro spiaggia, a vedere che succede quando stanno a secco. I pescatori fanno vari lavori, che si rimandano ai giorni di viento. Riparano una barca, aggiustano un muro, chi ne possiede uno smonta e rimonta il motore. Il pescatore amico stava facendo un remo nuovo da un ramo di faggio. Le onde sbattevano a schiaffi sulla riva. Le barche erano tirate in secco su fino alle case. Le spostano facendo scorrere le chiglie su appoggi di legno saponati.

All'ora di mezzogiorno stavo tornando a casa, venivano incontro i tre ragazzini. Mi sono fermato. Sono stato a pensare se era l'ora di farmi fare male, se quei colpi potevano servire a smuovere il corpo fermo. Mi avevano visto e stavano venendo contro di me di corsa. No, ho pensato, devo decidere io quando è l'ora. E sono scappato verso la spiaggia dei pescatori. Lui era ancora a sagomare il remo, l'ho raggiunto in tempo. Davanti a lui si sono fermati. Lui si è alzato di scatto e ha fatto contro di loro due urlacci che mi hanno spaventato. Non conoscevo la sua voce alzata. Quelli, neanche il tempo di sentire, se la sono svignata. Non mi ha chiesto niente, si è pulito le mani sul grembiule, ha lasciato il lavoro e mi ha accompagnato a casa. "Se ti danno fastidio, vieni da me." Sa che papà è lontano. Gli ho chiesto quanto dura il libeccio. "Tre giorni."

In cucina ho pensato di prendere il coltello per difendermi. E mi sono stupito: un coltello, per difendermi? Perché? Devo buttare via questo corpo di bambino che non si decide a crescere. Altro che coltello, devo andare in cerca di quei tre e farmele dare fino a che non si rompe il guscio. Visto che da dentro non lo posso costringere, va fatto da fuori. Devo andare a cercarli.

Oggi lo so che il corpo si trasforma secondo l'uso assegnato, con lentezza di albero. Diverse forme hanno attraversato il mio fino all'attaccapanni che è adesso. A dieci anni credevo nella verità dei colpi. L'irreparabile mi sembrava utile.

E così ho fatto allora. Nel pomeriggio uscii, faceva fresco per il vento e ci poteva stare bene una lana addosso, ma non la presi per non guastarla in caso di ferite. Mi avviai per la strada principale fino al porto. Nel bar i ragazzi a gruppi sentivano musica, avevano blue-jeans nuovi e leccavano gelati ai quattro gusti, di più non ce ne stavano sul cono. Stavano lì per ore, avevano qualche anno più di me. I loro corpi si allungavano nella corsa a diventare grandi. Passavo da invisibile sul marciapiede. Andavo a passi lenti, ero pronto. Avevo deciso il giorno e l'ora ma non li incontravo.

Decisi di tornare lungo il mare, più sgombero. Passai davanti allo stabilimento dove facevo i bagni. Seduti su un muretto i tre giocavano a carte. Mi videro, raccolsero le carte e alla svelta scesero le scalette verso il mare. Non mi aspettavo quella reazione, li seguii. Uno di loro disse: "Ma è da solo". Ecco, si erano immaginati che poteva seguirmi il pescatore. "È solo," ripeterono. Nessuno intorno, mi circondarono, da dietro mi arrivò uno schiaffo che mi spinse verso gli altri due. Cominciarono colpi che non ho contato. Uno mi fece portare le mani al naso, poi finito a terra un ultimo calcio mi addormentò. So che non mi sono difeso. Dolori sì, forti, ma pure una calma cocciuta dall'interno non mi fece gridare.

Mi svegliai su una branda, nell'infermeria dell'isola. Mamma era vicina e mi scacciava le mosche. Volevo farle un sorriso ma una fitta alle labbra mi impedì. "Chi è stato, figlio mio?" Non risposi. Mi faceva male da molti punti del corpo, più di tutto la faccia, poi il petto, e vedevo male. "Chi è stato, un uomo?" Volevo dirle: sono stato io.

"Dove siamo?" dissi con una voce mia sconosciuta. "Che ore sono?"

"Le sette di sera, siamo all'ospedale."

Mi avevano fatto i raggi, naso rotto, lividi e contusioni, tre punti di sutura sulla fronte.

"Chi è stato?"

Feci un no con la testa.

"Non lo sai? Com'è possibile? Non si massacra un bambino senza un motivo."

Venne il medico, un giovane, parlò con mamma. Voleva tenermi per quella notte in ospedale, in osservazione. Mamma si spaventò, il medico le disse che era una precauzione abituale, non si poteva escludere con certezza un danno agli organi interni. Mamma dubitò che il medico volesse nasconderle qualcosa. Per tranquillizzarla disse che poteva portarmi a casa e le lasciò il suo numero di telefono. Questo la calmò. Poi parlò con un altro uomo, non riuscivo a vedere, avevo i capillari rotti intorno agli occhi. Era un carabiniere. Le disse che era opera di teppisti e che li avrebbe trovati.

Era sera quando con l'aiuto di un infermiere mi caricò su una motoretta, di quelle a tre ruote. Non potevo mangiare, bevvi del brodo con una cannuccia. Inghiottii una pillola e dormii fino alla metà del giorno dopo.

Il giorno secondo del libeccio è il più violento. Mi svegliò il vento che sbatteva rami, finestre e porte. Mamma insisteva a chiedere, non rispondevo. Non potevo spiegarle che me li ero andati a cercare quei colpi, per costringere il corpo a cambiare. Esistono ragioni che sono peggiori dei fatti. Ricordai di averne accennato alla ragazzina, ma non mi avrebbe tradito. Gli animali pure conservano i segreti.

Mamma restò vicino a me quel giorno e il successivo. Mi raccontava storie di dopoguerra, di quando la città, finiti i colpi, cominciava la convalescenza. Con gli americani a Napoli era arrivata un po' di roba buona, la farina bianca, il grano che veniva dalle grandi praterie dell'Ovest. Dal Kansas, sui sacchi c'era scritto.

Pensavo ai contadini che avevano piantato il grano nelle pianure, al sole che l'aveva cresciuto, alla nave che l'aveva portato sopra il mare. Quella era la pace, la buona volontà, il pane bianco a tavola, e profumava pure. La guerra invece fete, puzza, è fetente.

Si erano aperti locali notturni, nelle belle case prese in consegna dagli ufficiali si facevano feste ogni sera. "Napoli se vuleva scurda'." Le ragazze andavano pazze per gli americani e pure loro perdevano la testa. Nozze e promesse di nozze si combinavano nei primi mesi dell'occupazione. Ogni famiglia ospitava un soldato. Quello che stava da loro portava dai depositi ogni bene d'America.

Mio nonno voleva fare affari con gli americani. I loro camion erano i migliori e il dopoguerra aveva fame di mezzi di trasporto. Avevano fatto amicizia, mio nonno e il soldato americano. Il nonno gli aveva proposto di acquistare per lui un camion da spedire per nave. Il soldato partì in licenza con i soldi e non se ne seppe più niente. L'economia del dopoguerra era un tavolo da gioco, chi vinceva e chi ci rimetteva. Alla fine un camion era riuscito a procurarselo, il nonno. Ci aveva messo il figlio, fratello di mamma, a fare viaggi su Roma da poco liberata. Lungo la statale costiera erano appostati i briganti, sopra Itri. Assaltavano i camion. Si passava solo di giorno, incolonnati con la scorta armata.

Le storie di mamma, accompagnate dalla sua voce arrabbiata, divertita, comunque grata alla sua gioventù, facevano passare i dolori. Mi scordavo pure che esistevo, quando raccontava. Ero un sacchetto vuoto riempito dal fiato delle storie. Quando era stufa, interrompeva brusca, "Mo' basta". E il sacchetto di carta finiva schiattato con un botto. E ritornavo io.

Mi sono trovato altre volte in mezzo ai colpi, il fiato corto dei corpo a corpo. Ho conosciuto l'odio, non molto il mio che è stato scarso per poca energia sentimentale, però quello degli altri contro la mia generazione insorta e rivoluzionaria. In mezzo ai colpi me la sono cavata. Anche quando mi spostarono con un calcio lo sterno mentre stavo a terra circondato, mi ero difeso finché non erano arrivati altri dei miei a strapparmi dal mucchio delle divise addosso. Non posso riconoscermi in quel bambino che non si difende. Il suo pensiero ostinato di voler aprire una breccia nel corpo per fare uscire dal bozzolo infantile la forma successiva: doveva essere per lui una certezza. Esistono atti di fede fisica. Scalare una parete in solitaria, senza nessuna protezione, è uno di questi. Ma quel bambino che si lascia abbattere, è andato più lontano dell'adulto che qualche volta è salito slegato sopra il vuoto a quattro zampe fino all'uscita in cima. Quel bambino di dieci anni resta oggi al di fuori della mia portata. Lo posso scrivere, conoscere no.

Il mio corpo era stato scosso, non era più lo stesso.

Il pomeriggio successe il trambusto. Bussarono alla porta, era il carabiniere. Con lui i tre ragazzini accompagnati dalle loro madri, che a voce compressa li insultavano col dialetto che sa castigare. Il carabiniere li aveva rintracciati facilmente, qualcuno aveva visto, detto. All'epoca i fatti si venivano a sapere. Il carabiniere voleva che i tre vedessero quello che avevano combinato. Le voci nell'ingresso spiegavano a mamma la visita. I tre stavano zitti. Mamma mi venne a chiedere se potevano entrare. Mi sorprese la sua mossa di lasciarmi decidere. Era un riguardo per una persona, non per un bambino. Feci sì con la testa. Il carabiniere fermò le madri, dovevano entrare solo i tre con lui. Mamma aprì la porta e la stanzetta si riempì. Guardavano per terra, il carabiniere ordinò loro di guardare me. Dietro gli occhi pesti vedevo sfocato e buio. Una benda mi girava la testa intorno al naso, la bocca era gonfia e un taglio sulla fronte completava l'effetto. Uno dei tre si mise a piangere, gli altri due voltarono la testa. Il carabiniere ordinò di nuovo di guardarmi. Chiese se li riconoscevo, feci no con la testa. Il carabiniere me lo chiese di nuovo, doveva chiudere il rapporto. Li conoscevo? "Stiamo sulla stessa spiaggia," la voce mi uscì poca e male. "Sono loro che ti hanno picchiato?" Di nuovo feci no con la testa. Il carabiniere si avvicinò. Era un uomo sulla quarantina, baffi neri e capelli già grigi alle tempie. Era del Sud. Si voltò e disse ai tre di uscire. Chiuse la porta e ritornò da me. Si tolse il berretto, aveva un'altra voce, più vicina.

"Guaglio', si sono presi una denuncia per lesioni, hanno già confessato. Li ho portati qua per dargli una lezione, fargli vedere quello che hanno fatto in tre contro uno e pure più grandi. Sei 'nu guaglione a posto e lo capisco che non vuoi denunciarli. Ma è un atto di ufficio, non dipende da te. È un'azione dello stato. So che non li denunci per generosità, non per paura. Dimmi solo se per te basta così." Chiusi gli occhi già mezzi serrati. "Ti sta bene così?" Feci sì con la testa.

Mi stavano tornando le lacrime per quelle parole, per la voce giusta che mi trattava da persona. Per lui in quel momento non ero un bambino. Ma lacrime non potevano uscire, il gonfio impediva.

"Me la dai la mano?"

Mi offrì la sua aperta, ci misi la mia.

"Com'è che è ruvida e spellata?"

"Vado ogni tanto a pesca, aiuto ai remi."

"E pure io ci vado, tengo la lampara e vado a totani."

Aprì la porta e uscendo disse a voce alta a mamma: "Tenete un figlio in gamba, signora", e se ne andarono.

Volevo guarire in fretta per controllare i risultati del corpo trasformato. Il quarto giorno il vento era finito. Arrivò un cesto di frutta e dolci da parte delle madri dei tre. Mamma accettò ma non fece accomodare la donna. "Meno male che tuo padre è laggiù. Sai dove lo faceva volare questo canestro?"

Nella piccola comunità dei villeggianti la notizia si era sparsa. Venivano persone a informarsi, anche la ragazzina con sua madre. Mamma le accolse gentilmente. Entrarono nella stanza e la ragazzina si irrigidì. Sua madre commentò qualcosa, non so cosa, non sentivo più. Mi era salito il sangue in faccia. Mi guardava dritto, potevo farlo anch'io, gli occhi si erano sgonfiati, restava il nero intorno. Le due mamme uscirono, la sua tentò di scuoterla per portarla fuori dalla stanza, lei fece un no secco di testa che le smosse i capelli. Uscirono lasciando la porta aperta. Lei la chiuse e venne a sedersi sul letto.

"Dove eravamo rimasti? Ah sì, alla mano." E me la prese posandola tra le sue. Le mie dita stavano tra due madreperle morbide più del pane. Però non lo dissi.

"Non dovevi farti fare questo," disse indurendo il tono. Aprii la bocca per una risposta, mi posò il dito sopra: "Non dire niente. Non esiste in natura che tre maschi si avventino contro uno. Questo è ora un affare di giustizia. So che non hai voluto denunciarli. Così la giustizia è più difficile, deve inventare una strada nuova. Meglio se facevi il tuo dovere di cittadino e affidavi il tuo caso alla legge. Ma qui a sud preferite fare da voi. Allora dimmi: ti vuoi vendicare?".

"Nemmeno per sogno, me li sono cercati i loro colpi."

"No. Ti avevano preso di mira a causa mia e ti volevano colpire. Dovevi stare attento a evitarli e io pure ti dovevo stare più vicina. Davanti a me non ti avrebbero colpito. I maschi non fanno una vigliaccheria davanti a una donna."

La guardavo e mi accorgevo che era così. Era una donna, la prima che emergeva da quella folla che non mi interessava. Altre volte ho riavuto la sorpresa di una donna che avanzava verso di me e il resto intorno andava fuori fuoco.

Parlava di giustizia, una necessità per lei. Non ne sapevo niente e neanche m'importava. Come poteva una giustizia risarcirmi delle ferite? Nessuna punizione di quei tre mi riparava il corpo. Doveva guarire da sé, con le storie di mamma, col libro che leggevo, con le alici fritte, non col carabiniere, l'accusa e la cerimonia della legge. Non avevo le parole pronte di adesso, ma era così, la giustizia non aveva effetto su di me. Per lei era la prima necessità.

Mi riprese la mano, mi venne da lì e poi per tutto il corpo una spinta di gioia, di caloria, di grazie. Glielo dissi: "Le tue mani fanno guarire".

"Questa è la tua seconda frase d'amore."

Entrarono le mamme con le loro tazzine di caffè, lei mantenne la mia tra le sue mani. Di fronte al mondo il verbo mantenere affermava i suoi diritti. "Guarirà in fretta," disse a tutte e due. Poi si alzò e promise di tornare.

Dopo che uscirono volli alzarmi dal letto. Ritrovavo le forze, il naso si era liberato. Nei giorni precedenti e fino a poco prima per respirare dalle narici dovevo sciacquarle con acqua calda per sciogliere i grumi di sangue. Mi accorsi che respiravo libero dal naso. Il pensiero fu di prendere la matita e andare spalle al muro a segnare l'altezza della testa. Rispetto al segno precedente si era spostata di un centimetro buono. Il corpo si era mosso, perciò era vero, serviva una rottura.

In quel momento non sapevo che un corpo steso a letto per dei giorni, subisce allungamento. Quel centimetro stava per me a conferma delle ferite. Mamma sentì i miei passi, venne a vedere, le dissi che ero guarito, che potevo mangiare a tavola con lei. Mi sorrise con l'angolo di bocca che prendeva in giro.

"Domani andiamo al mare," le dissi.

"Domani vediamo."

Negli anni seguenti dell'adolescenza, del corpo arrivato alla statura adulta, la parola giustizia diventò il centro della conoscenza. Le notizie in arrivo dal mondo si smistavano tra opere a favore e opere contrarie alla giustizia. Le rivoluzioni erano a favore. Il secolo del 1900 andava per le spicce tra mattatoi di vite umane e insurrezioni. Era un tempo in cui si distinguevano le parti, e da quale stare.

Non so se ho un debito con la ragazzina per la centralità del sentimento di giustizia. Quando per intenderla e volerla cominciammo a buscare colpi in posti spaziosi e affollati, piazze e pubbliche vie, mi ero scordato di lei. Le devo la liberazione del verbo amare che nel mio vocabolario stava agli arresti. Lei lo deduceva dagli animali, amare era un loro appuntamento. C'entrava pure con la giustizia. L'amore degli animali aveva un regolamento spietato e leale. Me ne parlava, certa di volerlo praticare. Chissà se è diventata giudice o zoologa, la ragazzina che mi prese la mano. Scrittrice no, l'avrei saputo incontrandola in qualche lettura. L'avrei riconosciuta, anche se oggi non ricordo il nome né il Nord al quale apparteneva. La immagino a proteggere balene.

Il giorno dopo convinsi mamma a scendere alla spiaggia. Promisi niente bagno sott'acqua, solo fino al collo. Il labbro si era ridotto nella notte, sbiadito un po' del nero intorno agli occhi. Ero quasi presentabile, restava la benda sul naso e i punti sulla fronte. Mi comprò il giornale enigmistico. Il bagnino ci aprì l'ombrellone e poi tornò con un ghiacciolo in regalo per me. Eravamo scesi tra i primi. Feci un bagno, il sale bruciava su costole e spalla, uscii presto per non infradiciare le croste. Mi ficcai dentro il giornaletto, ne venni fuori solo quando arrivò lei. Mi alzai per salutare e anche per controllare se il centimetro mi cambiava qualcosa di fronte a lei. L'impressione fu che era cresciuta lei. Era calma di gesti e risoluta. Mi controllò da vicino la benda, la fronte. Mi propose di andare a mare, un invito più stringente di un ordine. Senza il tuffo entrai in acqua piano da ubriaco. Arrivati dove non si toccava, mi disse cose che non capii. Mi chiese di non giudicarla per quello che le avrei visto fare nei giorni seguenti.

"Sarò un po' fredda con te sulla spiaggia, non ci badare. Non faremo il bagno insieme. Proveremo a vederci di pomeriggio, intesi?"

Dissi un sì confuso, lei mi prese la mano sott'acqua e me la strinse. Non era madreperla né pane, era corrente.

Tornai al giornaletto e ci rimasi dentro. C'era un rebus difficile, mamma mi chiedeva un parere. Mi concentrai sul quadratino in cui oggetti e figure formavano una frase nascosta con l'aiuto di poche lettere appoggiate su di loro. Il rebus era diviso in due vignette a indicare due tempi. Un giovanotto partiva per l'America, data 1925, sopra di lui una Q. Nello schizzo di sotto altre lettere stavano su un cespuglio di spine, un fianco di donna, la fotografia dello stesso emigrante invecchiato, il palo di una bandiera al vento. Era il paesaggio astratto dei rebus in cui ogni dettaglio è al servizio dell'insieme, come succede in prigione e di rado nella realtà.

Rimasi sul disegno due ore, fino a forzare la soluzione. La frase era: "Quando l'amore manca la volontà non basta". Contento della riuscita non badavo al senso. Oggi so che senza slancio di amore manca la volontà di giustizia. Non quella dei tribunali, ma l'altra è una risposta sotto impulso di amore e perciò svaria nelle sue applicazioni secondo il caso. Per questa giustizia ogni caso è unico.

Scrissi la soluzione e la consegnai a mamma. La studiò e poi: "Ah, l'avo lontano, perciò la volontà no..., bravo figlio mio, non ci potevo arrivare". Mi alzai ben caricato di sole sulla schiena dopo due ore assorto sulla pagina. Tolsi il berretto e ridiscesi a mare. Sulla spiaggia lei non c'era, e nemmeno in acqua. Dopo il bagno stavo per risalire quando la vidi, passeggiava sul bordo della riva e stava con quei tre. Mi rigirai verso il mare. Non potevano vedermi ma mi accorsi di più che io non potevo vedere loro insieme. Come per strada, desiderai essere invisibile. A mare potevo, mi immersi e nuotai verso il largo sott'acqua. La benda si disfece. Gli occhi chiusi bruciavano lo stesso come aperti, riaffiorai lontano e continuai a nuotare.

Scomparivo a colpi di piedi e di bracciate. Pensai di andare avanti ancora, ma ero già lontano e non volevo un'altra agitazione sulla spiaggia. Rientrai nuotando a dorso per continuare a vedere il mare aperto e basta.

La benda era sparita, il naso scoperto, lo toccai, era più tondo che lungo. Non avevo scordato la promessa, l'avevo superata per un impulso maggiore. La pelle era fradicia e le croste squagliate. Risalii a riva rassegnato a subire le conseguenze della trasgressione. Mamma leggeva e non si accorse subito. La mamma di lei sì e mi guardò a occhi stretti e un po' di sorriso. Cercai sulla sua faccia quella della figlia ma non c'era, due bellezze lontane. Mamma finalmente si accorse: "E la fasciatura?". Risposi che ci sudavo dentro, che mi pizzicava. Le sue due possibilità erano la collera o lo scherzo. "Non tieni un naso, ma 'nu puparuolo," un peperone, spiegai alla mamma del Nord che rise della traduzione.

Mi calcai il berretto largo e faccia a terra risalii la spiaggia con mamma verso casa. I tre punti sulla fronte correggevano il ridicolo con una virgola di serietà. Mi spettava la derisione, era nel prezzo per crescere.

Le tappe del mio corpo sono state spesso buffe. Le prime settimane di fabbrica, le mani si erano riempite di piccole schegge di ferro e ci si attaccava la calamita. I guanti proteggevano poco, zuppi d'olio di ingranaggi. Sul cantiere i primi giorni di turno al martello pneumatico, rientravo a casa barcollando ubriaco, scansato dai passanti. La forchetta mi scappava dalle dita, il piatto lo reggevo con due mani. Il viaggio del boccone fino ai denti era impreciso, urtava prima contro il mento, i baffi. Invece a scrivere le righe sul quaderno, la penna non ballava.

Mi secca mentre si allungano le pagine non ricordare il nome della ragazzina. Cinquant'anni di lasco non giustificano. Di lei mi vengono le frasi mentre avanzo a scrivere, si aggiungono dettagli precisi e niente nome. Potrei piazzargliene uno, magari anche appropriato, un nome della mitologia greca, ma diventerei uno del mestiere, uno che inventa.

Da lettore dimentico in fretta i nomi delle storie. Non aggiungono consistenza e sono una convenzione. Lascio perciò vuota la casella del nome e continuo a chiamarla ragazzina, perché bambina non l'ho conosciuta.

Quel pomeriggio passò da casa ma non c'ero. Sull'isola in quegli anni i bambini giravano da soli, insieme ai cani. Ero andato alla spiaggia dei pescatori. Nuotai verso l'isola di fronte, mi piaceva trovarmi lontano. Guadagnavo distanza dalla costa, lo faccio ancora salendo in montagna, per staccarmi.

Il fiato mi bastava, braccia e gambe andavano da sole. La superficie del mare è un soffitto sopra la profondità. Le braccia naviganti spostano l'acqua a palmi, il corpo affiora per metà. In posizione stesa la testa perde molto prestigio, sfila alla stessa altezza dei talloni, si muove come una coda. Tornai a riva in tempo per la tirata delle reti. Una barca aveva finito il semicerchio, uno ai remi e due a calare il rotolo di rete.

Da quelle parti il mio naso non faceva ridere. Badavano poco ai guasti di natura, alle ferite, alle storpiature. Finché c'era la vita, quella aveva uno scopo e un posto utile in terra. Il naso paonazzo, gli occhi miei rotondi e spalancati sopra, sbalorditi e aperti da qualche pensiero: dovevo somigliare allo scorfano sul bancone della pescheria.

Non pensavo alla compagnia che avevo visto la mattina in spiaggia. Ero ancora un bambino che non tratteneva le impressioni. Lei preferiva loro, erano più grandi, anche più interessanti perché interessati a lei. Alla spiaggia dei pescatori cercavo se vendevano esche. Non ne avevano, andai a scavare la rena per trovarle. Finii il pomeriggio così, in ginocchio spalle al mare a setacciare sabbia. Ci stavo bene a fare quelle cose vuote. Unico governo era l'orario di rientro.

A casa mamma mi spedì a prendere due pizze, per lei una marinara. Il pizzaiolo mi disse che sul naso tenevo un sammarzano. Lo disse affettuoso, già miglioravo rispetto al peperone del mattino. Il pizzaiolo disse pure che il taglio in fronte mi faceva uomo. Non ci avevo pensato, badavo alla statura del corpo ma pure la faccia era da crescere.

Dopo le pizze mamma mi portò al cinema all'aperto. Lo schermo stava in mezzo ai pini, le sedie erano pieghevoli di legno, meglio portarsi un cuscinetto da casa. Scricchiolavano come le cicale. Il film era ambientato a Firenze da un libro di Vasco Pratolini. L'avevamo letto, mamma voleva stabilire il solito confronto. Allora come adesso preferisco il libro al film, per il motivo della precedenza. Non succede che un libro sia tratto da un film.

A metà mi addormentai. Non sono mai stato notturno. Gli anni di insonnia delle lotte politiche e i turni di notte sui lavori sono i soli tempi che mi hanno tenuto sveglio.

Riaprii gli occhi con le luci accese, le sedie scosse. Nei passi verso casa disse che le era piaciuto, senza averci trovato la vivacità di

Pratolini e al suo posto una malinconia di interni.

Lei e papà lo avevano conosciuto, nel primo dopoguerra a Napoli era andato qualche volta a cena da loro. Papà era infervorato di letteratura, lui di politica, si intendevano bene scambiandosi le parti. Mamma ricordava che a tavola non si sprecava neanche una parola sul calcio o sul tempo che faceva. Erano giovani, parlavano del mondo con la buona volontà amara di chi l'aveva visto sgretolarsi e doveva rifarlo.

Le sono piaciuti gli scrittori, pure io le sono piaciuto, come scrittore. Quando qualcosa di mio le andava proprio a genio mi diceva: "Aro' si' asciuto?", da dove sei uscito. Intendeva: non certo da me. Nessun apprezzamento per me potrà pareggiare questo.

Più tardi da ragazzo ho amato quel cinema di maestranze eccellenti che a tempo giusto assunse l'intensità dell'arte. Il bianco e nero dava luce alla platea dei poveri, scintillava di sudore in fronte anziché di lustrini. Quel cinema narrava baracche e non palazzi, i nostri accatastati nelle terze classi, non le carrozze dell'*Orient Express*. Ci andavo da solo, non volendo nessuno a fianco a deridere la mia commozione, a intralciare la scossa di una compassione, a smussare lo sgomento di un'ira. Imparavo l'Italia nelle sale affumicate dei cinematografi, pure quelli suddivisi in classi: prima, seconda e terza visione, dove arrivavano copie spezzettate e ricucite.

Il cinema italiano del dopoguerra mi ha insegnato a guardare, almeno quanto le voci delle donne di Napoli mi hanno insegnato a starmene in ascolto. Lo hanno chiamato con approssimazione Neorealismo, ma era visionario. Narrava gli sconosciuti travolti da un secolo entusiasta di meccanica. L'acciaio, la luce elettrica, gli aeroplani, l'avvento delle folle nella storia: ci voleva una febbre per mettere a fuoco. In *Tutti a casa*, documento dello scompiglio dell'8 settembre, appare il fotogramma di un marinaio in divisa che fugge su un cavallo in una piazza. Così era quel cinema, fulminava l'attimo con una visione, sorella di un verso di poesia più che di una frase in prosa.

In quelle sale mi bruciavo gli occhi, tossivo il fumo altrui e però stavo in una folla di ammutoliti che per la prima volta trovavano se stessi sullo schermo, insieme alla fragranza dei dialetti.

Dicevo che andavo a studiare da un compagno e invece m'infilavo in un cinema alle quattro. Ne uscivo che avevo imparato, per assorbimento. A scuola il giorno dopo rimuginavo sulle scene impresse. L'ho amato quel cinema, da spettatore puro. Come davanti ai quadri: non mi sono messo nel punto di vista del pittore, ma di chi sta di lato e sbircia oltre le teste da un posto in galleria.

Oggi ritorno all'età dei dieci anni, quando non riuscivo a vedere un film intero perché mi addormentavo. Oggi mi risuccede di stropicciare gli occhi e spegnere la luce intorno al primo tempo. C'entra l'età che arrugginisce il giorno a prima sera, c'entra che quel gran cinema è scomparso dalle sale insieme ai sedili pieghevoli di legno.

Sul mio scaffale ora c'è un libro di Pratolini, *Mestiere da vagabondo*. Una data 18/1/50 e una dedica di papà a mamma per i suoi venticinque anni. Erano sposi da quattro. Si amavano, quei due, si regalavano libri. Lei era incinta di me. La data della dedica denuncia la mia intrusione nelle loro vite. Gliele ho ingombrate da estraneo. Volevano un figlio, ebbero me. Loro sono i miei, ma io sono stato poco e male il loro.

18/1/50, era a metà gravidanza, le sporgeva dal ventre il mio mucchietto d'ossa. Tengo aperta la pagina della dedica e mi piglia il desiderio maledetto di non essere esistito, di lasciarli stare quei due a vivere in pace. Con più violenza dei dieci anni in cui desideravo essere invisibile, penso al suo ventre piatto senza il mio peso dentro. "Mestiere da vagabondo", così suo padre rimproverava Pratolini. Per chi ha lo storpio impulso di non esserci mai stato, resta il mestiere di fantasma.

Da qualche parte nel cinema all'aperto c'era anche la ragazzina coi tre, me lo disse lei la mattina dopo sulla spiaggia. Avevo portato quel giorno il libro dei mari del Sud, non m'importava più di passare per un marmocchio intellettuale. Avevo chiesto prima il permesso di portarlo, concesso, ma non dovevo sciuparlo con le dita bagnate, riempirlo di sabbia.

Quel giorno era arrivata una lettera da papà. Aveva trovato lavoro, chiedeva a mamma se voleva seguirlo laggiù. Restò con la lettera in mano, la faccia incupita fissa al mare. Immaginai che avrebbe detto no, perché stava guardando verso Napoli e non verso occidente, un pensiero stupido che tenni per me. Poi chiese che ne pensavo di quella richiesta, se volevo andarci. Da quel momento in poi per lei l'America diventò il laggiù.

Là c'era la velocità, sarei cresciuto per forza, perché là tutto diventava grande, spazioso, scarpe, gelati, macchine e tutti erano alti, soldati, scrittori, operai. Mi attirava un posto dove cominciare senza conoscere nessuno. Mi potevo togliere la divisa di invisibile, lo sarei stato senza sforzo di immaginazione. Poteva essere un buon posto per me un paese chiamato laggiù. Avrei imparato la lingua di nonna, avrei risolto parole crociate americane, avrei avuto scarpe e gelati di marca di laggiù. Insisto con le scarpe e i gelati perche ricordavo quelle parole in inglese, un resto perduto di altre.

Mio padre, ultimo figlio, era nato per motivo di guerra. Mio nonno, soldato anziano reclutato nel 1917, prima di partire per il fronte aveva messo incinta la moglie. Un tempo si usava così, non per diffidenza ma per buona osservanza delle consuetudini. Un po' d'inglese era girato in casa, la nonna ci teneva a trasmetterlo. La lingua è l'ultima proprietà di chi parte per sempre e lei non tornò più nella sua terra.

Mamma voleva per la prima volta un mio parere su una cosa importante, mica un rebus. "Che ci facciamo laggiù? Tua sorella dove la metti sta e subito organizza qualche gioco dietro a una palla. Tu ti abitui, stai zitto qua e starai zitto pure là. Ma io qua tengo tutto, fratelli, mamma, la città che ho visto bombardare e poi spalare dalla cenere quando il vulcano la coprì di quella cipria nera in onore dei miei diciannove anni, la primavera del '44. Io so campare solo al paese mio."

Parlava a me, ma per bisogno di una presenza. Quel suo uomo si era avventurato laggiù in cerca di una possibilità migliore e aveva pure trovato l'occasione. Non era come adesso laggiù, che uno ci va a fare un giretto. Eravamo un paese di appestati dopo la guerra persa dalla parte oscena. Era riuscito a ottenere il visto e aveva pure trovato un buon lavoro e una sistemazione per noi. E la moglie in vacanza su una spiaggia gli sbatteva in faccia un no: poteva comportare la rottura tra loro.

"Non gliel'ho chiesto io di andare laggiù. Lui la tiene già nel corpo quella terra, già mezza patria per lui. Andarci è stata la sua fissazione da ragazzo: dopo la guerra ne parlava e parlava. E io lo facevo parlare, non dicevo di no, sperando che poteva bastargli la fantasia. E adesso eccoci qua."

Da quella lettera mamma fu assente. Stava con quel pensiero, rileggeva le righe, prendeva un foglio per rispondere e ci restava ferma con la penna sopra.

Le avevo risposto che per me era uguale. Dissi una frase che lei volle ricordarmi nel tempo: "Non voglio avere un peso". Non volevo contare per nessuno, volevo pensare ai vermi da scavare nella rena, leggere libri, restare i giorni muto. Laggiù, sì o no, era un affare da sbrigarsi tra loro. Papà non aveva nominato i figli, chiedeva a lei e basta.

Venne la ragazzina con la richiesta di un incontro nel pomeriggio. Leggevo le storie dei mari lontani e staccai poco e appena l'attenzione dal libro aperto. Le dissi che sarei andato al molo a fare un po' di pesca con la lenza. Era esposto a sud, il sole si abbassava dietro l'isola già nel pomeriggio, lasciandolo in ombra. I pesci preferiscono le ore senza il picco del sole. Lei si allontanò con uno scatto di ginocchia in su.

La spiaggia di fine settembre si allargava, gli ombrelloni diradati, le madri insegnavano ai bambini l'arrivederci al mare. A settembre si smorza la spinta del maestrale, più lente le onde e a intervalli stesi, non di corsa come in agosto e luglio. I pescatori vanno a pesca di traino, al passaggio dei tonni, delle aguglie, delle ricciole, che non abboccano all'esca ferma. La loro spiaggia era vuota, tutte le barche fuori. Ci passai per andare al molo col canestro. Dentro c'erano in un barattolo di sabbia i pochi vermi scavati nella rena, la lenza arrotolata intorno al sughero.

A settembre succedono giorni di cielo sceso in terra. Si abbassa il ponte levatoio del suo castello in aria e giù per una scala azzurra il cielo si appoggia per un poco al suolo. A dieci anni potevo vedere i gradini squadrati, da poterli risalire cogli occhi. Oggi mi contento di averli visti e di credere che ci sono ancora. Settembre è il mese delle nozze tra la superficie terrestre e lo spazio di sopra acceso dalla luce. Sulle terrazze gradinate a viti i pescatori fanno i contadini e raccolgono i grappoli nei cesti fatti dalle donne. Prima ancora di spremerli, il giorno di vendemmia ubriaca gli scalzi tra i filari al sole e lo sciame delle vespe assetate. L'isola a settembre è una mucca da vino.

È il mese della festa del santo, sfila per mare la processione delle barche e di sera sulla spiaggia si sparano i fuochi d'artificio. Nelle altre estati ci andavamo al completo. Mia sorella saltava di gioia dietro a ogni scoppio di colori in aria. Papà la sollevava facendo con la bocca il verso ai botti e lei mimava la ricaduta delle scintille a terra. Ho visto a cinema ripetere a Totò la mimica di un fuoco d'artificio, ma loro due la facevano meglio. Mamma s'incantava, io guardavo le facce di quelli che guardavano gli scoppi in cielo. Gli occhi dei bambini riflettevano le luci colorate. I profili dei grandi, puntati verso l'alto, accoglievano lo spettacolo come fanno i fiori con la pioggia.

Non mi sono piaciuti i fuochi artificiali, la loro imitazione del vulcano in fiamme. Mi incuriosiva la meraviglia che suscitavano, l'antica ammirazione per il fuoco. Perché a me non veniva? L'ho capito in montagna, quando ho visto tra le rocce e il bosco la mia prima cascata. Mi abbagliava, mi avvicinai al suo chiasso, mi svestii e mi feci inzuppare dal pulviscolo di acqua sbriciolata. Dentro ci passava lo spettro di un piccolo arcobaleno. Ho saputo lì che la cascata è meraviglia opposta al fuoco d'artificio. Amo la neve, la grandine e il salto a precipizio di una cascata. Ammiro la valanga, l'aria spostata a schiaffo, il crollo di un versante che si stacca col carico di neve. Amo l'acqua che si tuffa in discesa e non il fuoco che si scaraventa in alto e vuol salire, impennarsi e sfarinarsi in cenere.

La festa terminava col pianto e con lo strepito di mia sorella, nemica di ogni cosa che finiva. Quell'anno la mancammo, senza lei e papà non c'importava. Mamma disse la mattina dopo che avevano sparato forte. Non avevo sentito. Mi capita regolarmente di non sentire i colpi e i botti delle feste di capodanno. Invece dentro il paio di guerre in cui mi sono infilato di proposito, sono rimasto sveglio nelle notti dei fuochi maledetti.

Arrivai al molo, un vecchio pescava con il basco in testa e il bianco che gli usciva dalla nuca. Mi sedetti nel punto più lontano. Mi preparai lento, coi piedi a penzoloni sull'acqua. Prima mi ero sciacquato le mani con il mare, poi innescai l'amo e lo lanciai lontano, spinto dal piombo. Affidai la pesca al polpastrello dell'indice e me ne andai dietro ai pensieri, che arrivano da lontano e se ne vanno al modo delle onde con la barca. Ci passano sotto e la fanno oscillare.

Un fremito leggero mi avvisava che intorno all'esca c'era un tentativo di assaggio. A un colpo netto risposi con lo scatto del polso verso l'alto, poi soppesai la lenza per sentire se c'era un peso in più. Era leggera e tirai su per controllare. Avevano mangiato l'esca senza farsi fregare. Innescai di nuovo e lanciai in un'altra direzione.

Era la buona ora dell'ombra sopra il molo. Suonava la campana e il vecchio ritirò la presenza a piedi scalzi. Mi piaceva stare riparato dal tramonto, non vedere la fine certificata del giorno, con il sole insaccato dentro il mare. Allora preferivo l'alba. Oggi cerco il tramonto in ogni isola raggiunta. Vado a ovest all'ora che si svuota dentro l'acqua. Oggi raschio fino all'ultima luce il piatto d'orizzonte.

Di albe ne ho viste per tutta la vita e pure adesso, ma quelle di adesso sono solo il vizio di svegliarmi col buio. Mentre leggo le cose del risveglio, mi accorgo poco del passaggio dalla notte al dopo. Oggi per me è indifferente l'albume dell'inizio, la purezza del giorno.

Non sentii arrivare le sue scarpe di suola di corda finché non si sedette a fianco. Poco prima avevo avuto un colpo di fortuna, un bel saraghetto si era fatto afferrare e tirare su, l'amo infilzato al bordo del labbro superiore. Il polso aveva dato lo strappo in su nel momento giusto. Di solito alla fine della pesca liberavo tra gli scogli il contenuto del secchiello. Non facevo vedere la mossa, che poteva essere un'offesa per chi con quel poco poteva mettere in tavola un piatto. Però il saraghetto era una buona presa e avevo deciso di portarlo a casa. Potevo dimostrare a mamma che ero buono a qualcosa. Lei si sedette a fianco e vide il pesce nel secchiello, furioso della cattura e di essersi fatto fregare da un bambino.

"È stato sfortunato o sei stato bravo tu?"

"Sfortunatissimo, è rimasto appizzato per il labbro."

"Come stai?"

"Guarisco in fretta, come hai detto tu."

"Tra poco parto. Prima devo sistemare una questione di giustizia. Mi devi stare a sentire e devi fare quello che ti dico." Scandiva calma le sillabe, in contrasto con la tensione del suo corpo. Di che giustizia si occupava e che c'entravo io? Non risposi, i punti sulla fronte mi dettero fastidio.

"Domani pomeriggio alle quattro in punto vai allo stabilimento. Ti chiudi nella cabina e resti lì. Non esci finché non ti chiamo. Qualunque cosa senti e vedi tra le assi di legno, non esci finché non ti chiamo io. Mi hai capito bene?"

La sua voce quieta dentro di me saliva di volume, gridava, mi voltai verso il molo vuoto. Mi fermai a guardarla. Il vestito bianco, una margheritina all'orecchio, odore diverso da quello delle mandorle, la fissavo, lo sguardo inceppato su di lei. Fu la prima notizia certa della bellezza femminile. Non sta sopra le copertine dei giornali, delle passerelle, sullo schermo, sta invece all'improvviso accanto. Fa sussultare e svuota. Restai così.

"Mi ascolti o mi guardi?"

Non so come mi uscì di dire: "Posso scegliere?". Sorrise. A partire dagli angoli della bocca il sorriso invase il resto della faccia e giù per tutto il corpo fino ai piedi, pure loro sorrisero. Mi posò un bacio sulla guancia nel punto più vicino al naso.

"Hai capito bene cosa devi fare domani?"

E lo ridisse.

"Sì."

"Quel pesce, liberalo."

"Sì."

Si alzò dritta sui talloni, il vestito bianco la seguì, mi ricordò la neve sul Vesuvio. A metà molo si voltò, continuavo a guardarla, un ciao di mano e via. Si mischiò all'altro bianco intorno, delle case basse.

Con la lenza appesa al dito rividi la neve del '56 sulla città, poi quella di ogni inverno sul vulcano e l'argenteria della neve che mi sarei caricato addosso sui cantieri del Nord arrotando i denti, le dita arrugginite intorno a un manico di pala, di piccone. I pugni accartocciati intorno al manico restavano così, non chiusi e non aperti. La sera il loro incavo rigido reggeva per incastro un cucchiaio, un bicchiere. La sensibilità si fermava al polso, oltre erano prolunghe di corda, legno, cuoio.

In quegli anni mi capitava di parlare da solo. Mi rivolgevo al corpo: "Come sopporti questo?". Se ne stava quieto sotto il carico del turno di lavoro, rispondeva da una pazienza sconosciuta. Capivo che era un animale antico, trasmesso fino a me dagli antenati che l'avevano addomesticato a fatiche, pericoli, ferocie, scarsità. Con l'atto di nascita si eredita l'immenso tempo precedente impresso nello scheletro.

Sul bordo del sonno mi staccavo dal corpo, crollavo nel vuoto, mentre quello si metteva a riparare fibre, ricucire ferite, rastrellare energie per l'indomani. Era un'officina.

Ho abitato il corpo trovandolo già pieno di fantasmi, incubi, tarantelle, orchi e principesse. Li ho riconosciuti incontrandoli nel fitto del tempo assegnato. La ragazzina no, lei è stata primizia pure per il corpo. Vicino a lei reagiva con slancio nelle vertebre, in su verso una crescita improvvisa. Mi accorgevo del corpo, del suo interno, accanto a lei: del battito del sangue a fior di polso, del rumore dell'aria nel naso, del traffico della macchina cuorepolmoni. Accanto al suo corpo esploravo il mio, calato nell'interno, sbatacchiato come il secchio nel pozzo.

Esiste nel corpo la neve che non si squaglia in nessun ferragosto, rimane dentro il fiato come il mare dentro una conchiglia vuota. Non la maledico quella neve che m'imbottiva le orecchie.

Avvolsi la lenza intorno al sughero, disinnescai l'amo ancora con l'esca, che gettai al mare. Tra gli scogli liberai il sarago. Le barche da pesca rientravano, era tardi per restare a guardare. A casa mamma non aveva apparecchiato e cucinato. Seduta al tavolo della cucina fumava e rigirava la penna sul foglio scarabocchiato a disegnini.

"Già ora di cena?" disse sorpresa dalla sua distrazione.

"Mamma, io sto dalla tua parte, quello che tu decidi è fatto bene."

"Ehi figlio, fai discorsi da ometto."

Mi chiamò vicino con la mano, mi sistemò i capelli secchi stopposi di salsedine, controllò i progressi della guarigione.

"Dammi una mano a cucinare. Stasera facciamo gli spaghetti aglio, olio e prezzemolo che piacciono a te e le uova al tegamino che piacciono a me."

Tagliai i pezzetti, apparecchiai la tavola.

"Non lo seguiremo laggiù. Domani glielo scrivo."

La sera uscii per le strade dell'isola a passeggio fino al porto. Facevo caso allo sterco lasciato dal passaggio delle carrozzelle, abitudine di chi va scalzo. I cavalli la sanno fare anche andando al piccolo trotto, al naso è gentile, è biada fermentata. La fortuna degli erbivori è di poter raccogliere il cibo ovunque ci sia terra. Il più perfetto è la capra che spoglia anche i cespugli di spine. La capra, lei da sola, ha fatto vivere i popoli del Mediterraneo. Pensare che ci sono dei cittadini che usano "capra" come insulto. La capra ha reso possibile la nostra civiltà. Questo me lo diceva la ragazzina. Mentre parlava di animali metteva nella voce una passione di giustizia, presentava la loro causa agli uomini.

Incontrai, che se ne stava solo, uno dei tre, il più piccolo, che aveva pianto nella mia stanza. Mi vide e gli uscì un saluto impacciato, non restituito. Passavo per il corso principale, qualche disco suonava la fine di stagione. Non mi accorsi che mi aveva seguito finché non si affiancò. Ripeté il saluto. "Posso venire con te?" Non gli risposi. "Vai da qualche parte?" Feci di no con la testa. Si mise a raccontare. Aveva litigato con gli altri due, lo avevano scacciato, per via della ragazza, la chiamava così. Piaceva a tutti e tre e lei dava speranze in parti uguali. In pochi giorni era diventata la loro ossessione, si infervoravano parlandone. Camminava al mio passo che mi veniva svelto perché non mi piaceva ascoltare quei fatti. Al cinema una sera lei si era messa vicina a lui a ridere, a scherzare. Gli altri due si erano arrabbiati e dopo averla accompagnata a casa, avevano litigato con lui. Si era preso una sberla, gli avevano detto di starsene alla larga sulla spiaggia.

Perché mi voleva raccontare? Per delusione di amicizia, per sgomento di trovarsi solo, cose che deformano il mondo a quell'età. Voleva stare dalla mia parte, io non ne avevo una, né una parola da ricambiare. "Domani succederà qualcosa. Loro due partono dopodomani e pure la ragazza va via presto. Domani dovrà decidere con chi di loro stare l'ultima sera. Quei due ora si odiano per lei. Domani succederà qualcosa."

Piace ai ragazzi essere parte di avvenimenti, piccoli o possibilmente grandi, per fame di esperienze. Non reagivo alla sua agitazione, si accorse di essere solo a fianco di uno che andava mani in tasca e occhi per terra. Esistono dentro di me chiusure insuperabili.

"Va bene, ti lascio continuare la tua passeggiata. Non ti ho detto niente." E si voltò di scatto per allontanarsi. Proseguii verso il porto, panfili e velieri ben ormeggiati. Lunghe passerelle lucidate salivano a bordo. La ricchezza addobba spazi che poi lascia vuoti. Ha troppi possedimenti da abitare. Mi piaceva quello, che fossero regge per assenti. Immaginavo feste, una musica faceva ballare gli eleganti e le donne scoperte, le luci della navigazione mandavano scintille che i pesci scambiavano per alici, restando a bocca aperta.

I nomi delle barche erano principeschi, *DianaMarina II*. La dea della caccia andava per mare. Il mio cranio farfugliava storie. Il porto dell'isola era un indice di capitoli, ogni barca all'ormeggio un'avventura pronta. Al ritorno passai per il lungomare e mi toccò vedere gli altri due a passi sforzati andare verso la spiaggia, affiancati ma pure separati, dai gesti bruschi della fretta. Non si accorsero di me.

A casa mamma faceva i solitari, i due, quello di Napoleone e l'altro che riusciva quasi mai. Restai a seguire un paio di tentativi e poi la buonanotte.

"Domani succederà qualcosa." Non m'importava cosa doveva capitare a loro, io avevo il buffo ordine di chiudermi in cabina alle quattro in punto. Dovevo ricordarmi di prendere l'orologio che d'estate non portavo. E di prendere pure il giornaletto enigmistico, se c'era da aspettare. Non collegavo l'appuntamento mio con quello che doveva capitare agli altri. Ero un bambino viziato dall'isolamento.

"Senza armi, a mani e piedi nudi, il primo che grida ha perso." Questa frase squillata fredda è ancora dentro il timpano. Ascoltata da dietro le pareti di legno della cabina mi aveva interrotto di sorpresa. Non avevo sentito arrivare dei passi. Neanche stavo di sentinella, mi ero messo invece a risolvere un cruciverba difficile. Per abitudine mi leggevo a bassa voce le definizioni. C'era un buon silenzio di legno insieme al mio bisbiglio di parole che cercavano di iscrivere quelle esatte nelle caselle bianche numerate.

La voce scandita là fuori mi confuse. Nella penombra della cabina mi immaginai una definizione di altre parole crociate di qualcuno che stava facendo la stessa cosa. Ma non la stava facendo. M'interruppi, seduto sul pavimento di assi, il giornaletto sopra le ginocchia. La penna si staccò dalla pagina. Alla frase non seguì altro. Non riconobbi la voce, era del Nord, ma non quella di lei. Era più adulta, limpida di tensione. Eppure era la sua, trasformata da ira trattenuta. Restai fermo, mi aveva detto di non muovermi finché non mi chiamava. Non sapevo se potevo avvicinarmi alle fessure della porta, alla luce filtrata dalle assi. Non sapevo se potevo continuare con il giornaletto. Sul momento m'irritai con me stesso che non ero stato attento alle istruzioni. Mi capita continuamente di trascurarle. Rimasi con la penna staccata dalla pagina.

Quel giorno ero stato distratto. Mamma non era venuta al mare per scrivere la lettera a papà. Poi era andata all'ufficio postale. Era in agitazione per la scelta fatta. La avrebbe fatta lo stesso, ma un poco ne ero parte. Avevo trasgredito la mia verità, di sincera distanza tra le sue ragioni e quelle di papà. Mi ero affiancato a lei perché l'avevo vista spaesata e spettinata in cucina la sera a fare scarabocchi. Avevo detto una parola di aiuto che per me non era vera. Avevo inventato per affetto. In quel momento le bastava pure quel poco da me. Capivo da confuso che il falso e il vero hanno un valore d'uso e non hanno importanza se servono a un sollievo. Potevo trascurare la mia verità, buona solo per me, in cambio di una parola di beneficio.

Avevo però tolto a papà la sua speranza di riunirci laggiù e questo mi confondeva. Fosse stato presente non avrei detto la mia, neanche richiesto. Se la sarebbero sbrigata tra loro la scommessa di una vita e di un posto migliore. Ma non c'era papà e mi toccava prendere la parola. Prenderla è il verbo giusto del suo azzardo. La parola presa: ho conosciuto un'età che l'afferrava stretta e non se la faceva togliere. Saliva in piedi sulle cattedre, interrompeva lezioni, le sostituiva, serrava le sue fila e scandiva sillabe a tamburo. Prendeva la parola e non la restituiva.

Voglio andare laggiù: se avessi scelto questa? Lei mi avrebbe lasciato andare come si lascia cadere una cosa di mano. Avrebbe allargato le dita senza ripensarci. Era figlia di guerra, ne aveva di perdite segnate sul registro. Avrebbe aggiunto "assente" accanto al mio nome. Per lei sarei stato il peggior traditore, pronto a disertare la città, la parlata, l'isola per un laggiù qualunque. Ci pensavo e non ne uscivo illeso. Almeno l'avevo fatto d'impulso, questa fu la mia formula attenuante, restando colpevole di parola che andava taciuta. Era la mia specialità starmene zitto e invece avevo trasgredito la mia migliore consegna. Ero intervenuto tra loro due. Doveva essere questa la conseguenza del cambio nel corpo. Crescere comportava un precipizio di effetti sconosciuti. Era bastato un centimetro.

E poi l'avrei tradita lo stesso, più tardi, la città, la casa. Me ne sarei uscito un pomeriggio dalla porta della quale non ho mai avuto la chiave. Chiusi piano e scesi i più profondi gradini della mia vita, che non avrei risalito per abitare di nuovo. Feci da stordito la strada per la stazione, in testa i rimbombi dell'addio che non avevo detto. La funicolare, poi l'autobus, poi la ferrovia e in tutto diciotto anni: disertavo da loro, dal tempo trascorso mi strappavo come un'erba dal muro, lasciandolo pulito.

Il biglietto allora era un rettangolino, poco più di un francobollo, un titolo di viaggio per uno che non aveva titolo né svolgimento. Al finestrino di destra il Vesuvio cambiava forma girato verso nord. Avessi incontrato uno a dirmi: "Tornatene a casa", me lo sarei abbracciato.

Il controllore fece un buco al biglietto, mi pento di averlo gettato uscendo dalla stazione della città sconosciuta. In cerca di un posto per dormire, durò così un anno, salvato dal calore di assemblee roventi e scontri nelle piazze, mi ci tuffavo dentro per urgenza. A quel tempo la nostra forza pubblica sparava sui braccianti del Sud e l'Alleanza Atlantica rovesciava nella vicina Grecia una democrazia per sostituirla con una dittatura militare. L'Italia sobbolliva a fuoco lento. Ritrovai la collera di bambino dentro le lacrime spremute dai gas lacrimogeni. Però potevo ricacciarle indietro, le lacrime, insieme ai barattoli fumanti del gas sparato addosso. Li raccoglievo bollenti con un guanto e li rilanciavo alle truppe. Si diventava molti, si riduceva l'importanza di se stessi.

Ho conosciuto allora peso e vastità del pronome noi. Era esperto, non escludeva gli altri, sgomentava i poteri. Portò nelle prigioni le rivolte e i libri, che non c'erano. Sono la più forte contraddizione delle sbarre, i libri. Al prigioniero steso sulla branda spalancano il soffitto.

Telefonavo a mia nonna, quella dei libri gialli, la napoletana: "Nonna, come si cucinano le uova al tegamino?". A mamma non mi azzardavo a bussare, ci scambiavamo frasi severe, da dimenticare. E nonna rispondeva svelta e spiritosa all'interurbana. Così ho continuato e ho progredito attraverso di lei al telefono fino alla parmigiana di melanzane.

Mamma era spaventata di perdere papà con una lettera. Si irritò di non essere sola, tornando a casa: "Che ci fai ancora qui? Perché non sei al mare?". Scontenta di sé e di me che l'avevo appoggiata, voleva stare sola. Andò in cucina a caricare la caffettiera, me ne uscii col retino per gli scogli e restai nell'acqua fino ai brividi. A ora di pranzo rientrai a casa, mamma stava mettendosi a tavola, si era tolta i pensieri e aveva appetito. C'era una bella insalata e la provola che mi piaceva. L'origano e il basilico si battevano per il predominio del piatto, il naso era imparziale. "Non hai pescato niente neanche oggi?" E ci appoggiò un sorriso. Avevo preso bene, ma restituito al mare. Per incoraggiarla dissi: "Niente, neanche un guarracino".

E così era partita la lettera e potevo perdere papà. Crescere senza di lui? Sarei venuto storto, avrei cercato di appoggiarmi a un muro come un rampicante che altrimenti striscia.

Non lo persi allora perché lui rinunciò all'America. Rientrò e non gli ho più sentito dire una parola. Si era tolto il futuro dai pensieri. La vita a Napoli è stata per lui un esilio senza viaggio. L'aveva ripiegato in qualche lettera spedita a noi e in un diario che ho ritrovato tra le sue scarpe, il futuro. La carta era fresca, l'inchiostro sbiadito, il suo bianco è più forte del nero che vuole imprimersi. La carta vuole tornare vuota, come farà la terra dopo di noi.

Papà l'ho perduto un'alba di novembre. Abitava con me, il suo letto sotto il mio soppalco. Quei giorni non andavo in cantiere, quelle notti gli stavo addosso, non lo lasciavo in pace. In un'alba fui orfano di lui, soffiò un'ultima vocale, la "u" di aiuto, che non gli potevo dare.

Sul selciato delle strade delle città di Bosnia le granate lasciavano la cicatrice di una rosa esplosa. Da un'alba di novembre la sua morte ha il fischio a "u" di una granata in volo che continua a raggiungere il bersaglio.

L'incontro nel sonno, dove piango senza lacrime. Il mio lutto per lui è una pozza d'acqua marina prosciugata. Tra gli scogli resta il sale asciutto, dei singhiozzi a secco.

Adesso mi ritrovo le stesse lacrime di cinquant'anni fa. Tornano agli occhi dopo avere viaggiato e fatto parte dell'impianto a goccia degli occhi del mondo. Sono tornate al punto di partenza e le piango da capo. Mi basta la finestra che brucio nel camino, sfasciata da decenni di intemperie. La aprirono e la chiusero mani che non posso più raggiungere. Però le vedo, vene, tendini, forma delle unghie, muoversi nell'aria delle stanze a fare le faccende.

Tornano a braccetto le lacrime, due a due, si sporgono dal bordo e si tuffano dalle ciglia sopra i pantaloni, mentre appoggio la fronte sulle mani vuote. Sono le stesse lacrime di bambino, d'impotenza antica. Hanno niente da chiedere e smettono da sole.

A casa, appena di ritorno in città, pensavo, mi sarei procurato una sua fotografia. Aveva una vecchia Ferrania, ci voleva una luce potente per impressionare la pellicola. Dovevo cercare tra i negativi. Divago, insieme a quel giorno che se ne andava a zigzag verso l'appuntamento. Altre volte ho saputo che i giorni pesanti hanno l'andatura sbandata, giorni che non ne vogliono sapere di concludere. Dopo pranzo restai sul letto e sudai nel sonno. Mi svegliò l'arrivo dell'autobotte a rifornire la cisterna asciutta. Mamma insistette perché mi lavassi, secondo lei puzzavo.

"Ma se sto a mollo per le ore intere?"

“A mare non puzzi, a casa sì.”

Mi piaceva l’odore del corpo che assorbiva il sale e lo mischiava al resto dei sapori sparsi in aria. Faceva parte dell’odore del mondo, non se ne stava isolato dentro la bolla di sapone. Divago insieme a quel giorno, prima di infilarmi dentro una cabina di legno, il pomeriggio alle quattro. La nostra era l’ultima dello stabilimento, al confine con una duna di agavi e di fichi d’India, un recinto di spine. Stavo nella quiete a scrivere parole in croce, non usavo matita, troppo semplice cancellare e correggere. L’errore doveva restare, perciò scrivevo a penna in cerca del percorso netto. Se fallivo, iniziavo un altro schema. Ammetto con me stesso facilmente di fallire. Ero a metà di un cruciverba quando la voce fu un interruttore. “Senza armi, a mani e piedi nudi, il primo che grida ha perso.” Là fuori iniziava una scena muta ma sonora di quando si battono i tappeti. Trasgredii la consegna di non muovermi, mi accostai alla luce stretta e lunga della porta.

Due, quei due, si stavano affrontando. Sudati, rossi in faccia sotto la pressa del sole si cercavano i punti deboli, il fegato, la faccia. Uno era grosso, la faccia nascosta nel grasso, l'altro più alto e però più leggero doveva evitare il corpo a corpo tenendo a bada con i calci e con allunghi di braccia. Sbuffavano rauchi, sbavando, entravano e uscivano dal margine della mia fessura. Il grosso cercava di afferrare l'altro al collo, che si divincolava ma poi dovette subire la presa, il grosso si avvinghiò ai suoi fianchi bloccandogli anche un braccio e sollevandolo da terra. Stretto da perdere il respiro, con la mano libera cercava gli occhi dell'altro per fargli mollare la morsa, ma quello infossava la faccia e il mento nello sterno dell'altro e stringeva di più. La mano che annaspava riuscì infine a uncinare il naso dell'altro e a fargli il male giusto per fermarlo. Ma pure nel dolore che lo faceva ringhiare per non gridare, il grasso prima di mollare si abbatté col suo corpo addosso all'altro in terra, schiacciandolo per poi rotolare.

Nel silenzio dell'aria ferma il loro tonfo suonò da colpo di tamburo. Caddero sulla sabbia e sulla passerella di legno, uscì il primo sangue. Si trovarono svincolati, subito si rialzarono e fecero la stessa mossa di raccogliere sabbia nel pugno e lanciarla in faccia all'altro. Si voltarono schivando. Dovevano avere in precedenza stabilito un quadrato in cui battersi perché solo di poco uscivano dal mio campo ristretto e ci rientravano.

Al più alto riuscì in velocità il primo pugno in faccia. Il grosso si portò le mani alla bocca, l'altro profittò per un calcio alla pancia. Erano due nemici, non più solo rivali. Il grasso reagì da cinghiale caricando a testa bassa per andare a afferrare. Prese un calcio ma arrivò alla presa. Per lo slancio cadde addosso all'altro e se lo trovò sotto. Si mise a scaricare pugni a tutto braccio, ma alla rinfusa. Quello sotto si difendeva ma ne prendeva pure di potenti. Scansò con una torsione un cazzotto che era una martellata, il grasso perse l'equilibrio e l'altro gli sgusciò di sotto. Di nuovo in piedi sudavano e sputavano saliva, sangue e sabbia.

Arrivarono ancora altri colpi avvelenati di odio ma stremati. Infine si afferrarono i capelli e in un'ultima avvinghiata arrivarono a mordersi, gridando di dolore tutti e due. Si staccarono vinti dai colpi e per lo sfinimento. Raggomitolati sulla sabbia cercavano di trattenere il grido che era uscito e che voleva ancora avere sfogo.

"Avete perso", la voce fredda di lei spuntò di lato, da un angolo cieco per me. Sentii bussare alla cabina e fui chiamato a uscire. Era certa che io stavo là dentro, certa più di me che non sapevo dove stavo e perché dovevo starci. Qualunque posto era migliore di quello stanzino dove avevo sbirciato l'inutile dell'odio e del sangue.

"Puoi uscire adesso." Era un ordine da ubbidire. Tirai il paletto e fu lei a spingere la porta. La luce in faccia mi fece alzare il braccio per difesa. Lei mi prese il gomito facendomi avanzare sulla passerella. I due a terra stavano rannicchiati, neanche riuscivano a guardare. "Lui ha vinto," disse indicando me. Prese tra le mani la mia faccia e mi volle baciare sulla bocca. Mi scansai per istinto e così mi baciò mezzo naso ancora rosso e gonfio, svegliandomi il dolore. "No," disse lei, "stai fermo", e mi baciò di forza sulla bocca e a lungo da dover respirare con il naso. Si tolse dalle labbra con lo schiocco.

Ero rimasto immobile a guardarla. "Ma tu non chiudi gli occhi quando baci? I pesci non chiudono gli occhi." I due stesi sulla rena ripigliavano fiato dai lamenti. Lei mi prese per mano e mi portò. Camminammo, sudavo nel suo palmo, sbandavo sul suo passo, è difficile andare a fianco di una donna, ancora adesso non mi riesce il ritmo. Arrivammo a una spiaggetta, tra gli scogli si vedeva a sud un'altra isola stesa. Pendeva su di noi l'ombra di un albero di fichi.

"Da noi si dice che quando il frutto è pronto deve avere il collo di un impiccato, la veste lacerata e una lacrima di malafemmina."

"E perché di malafemmina?" chiese.

"Non so, pare che le sue lacrime siano più dense, forse di dolore."

"Comunque il fico non è un frutto ma un fiore."

E perché si vende dal fruttivendolo e non dal fioraio? Pensai la scemenza e non la dissi. Gliene offrii uno, lo sbucciò, io lo mangiai intero, pure il collo. Mi osservò divertita. La guardavo. "E chiudi un po' quegli occhi di pesce." Non potevo. Certo, le palpebre sbattevano, ma non per mia volontà. Mi volevo stampare la sua faccia nella retina. Come per la Ferrania di papà, mi serviva molta luce.

"Hai visto tutto?"

"Sto vedendo ancora."

"No, dico prima, hai visto tutto? Dovevi assistere." Serviva il testimone a quella sua giustizia, senza il quale rimaneva incompiuta. Ero stato coinvolto per trascinamento, costretto a avere un peso. Non ne volevo e cercai di toglierlo anche a lei. "Si facevano male per odio tra di loro, non per te."

"Allora non hai visto niente. Si battevano

per me, come doveva essere per fare la giustizia. I colpi che ti avevano ferito dovevano ferire loro stessi. Così pareggia la giustizia."

Non mi venivano quei suoi conti, il corpo ferito all'inizio era uno, il mio, e ora diventavano tre. Non pareggiava, anzi sparigliava ancora di più quella giustizia. In soggezione davanti alla sua certezza me ne uscii con una domanda secondaria. "Perché hai detto all'inizio che nessuno doveva gridare?"

"Non lo capisci? Se gridavano poteva venire gente a separarli."

"E se gridava uno solo e si arrendeva?"

"È andata come doveva andare."

So adesso che una giustizia nuova, attenta al caso singolo e che inventa su misura la sentenza, muove dalla misericordia per l'offeso, perciò riesce a essere spietata. La misericordia è implacabile e non si fa reprimere. È all'inizio essenziale nella formazione di un carattere rivoluzionario.

Ecco chi poteva essere diventata quella ragazzina al tempo della crescita, una schierata dal secolo delle rivoluzioni. E allora di sicuro l'ho incrociata, perché nella mia vita ho conosciuto quella specie umana. E lei mi avrà intravisto e messo a fuoco tra le migliaia all'aperto di un corteo, senza riconoscermi. In quelle nostre manifestazioni andavo a occhi e pugni stretti. In quell'estate non ci vedevo nessuna giustizia nel dolore aggiunto di quei due. Potevo ammetterlo, perché il dolore esiste ma non potevo accostarlo a una giustizia. Non riparava niente. Può essere vero per gli altri, utile a una comunità e al suo sistema di contrappesi ai torti, ma a me era inservibile. Le ferite guarivano da sole, giustizia era per loro il corpo che le rimarginava. Non avevo parole né spinta per oppormi alle sue. Lei in quell'ora era la volontà in persona. Naturale che sia un vocabolo femminile, come acqua, aria, giustizia e che sia il sangue a essere maschile. Aveva meditato e poi eseguito la sentenza. Me la mostrava evidente, non cercava consenso né gratitudine.

Di certo non ne provavo, però amore sì. Chiamo così degli indizi di una parola che si andava formando: le sue mani che avevano tenuto la mia faccia ferma per il pubblico bacio e la mia ubbidienza, l'effetto di guarigione svelta delle ferite, la scoperta emotiva della bellezza. Capivo all'indietro quello che succedeva dentro i libri, quando uno si accorge della specialità di un'altra persona e concentra su quella l'esclusiva della sua attenzione. Capivo l'insistenza di isolarsi, starsene in due a parlare fitto. Non c'entrava per me il desiderio, quell'amore chiudeva con l'infanzia ma non smuoveva ancora nessun muscolo degli abbracci. Scintillava dentro, mi visitava il vuoto e me lo illuminava.

Restammo fino all'ora dell'ombra. Prima delle partenze si usa scambiarsi gli indirizzi, promettersi di scrivere. Ci dicemmo noi no. "Non ci trasciniamo dietro una promessa che poi tradiremo. Lo sappiamo che non ci rivedremo. E se capiterà, saremo differenti e non ci riconosceremo. Cambierai forma e voce, gli occhi di pesce no, forse ti potrò riconoscere da quelli. Adesso andiamo a casa, poi stiamo insieme per l'ultima sera."

"Parti domani?"

"Sì."

Oggi so che quell'amore pulcino conteneva tutti gli addii seguenti. Nessuna si sarebbe fermata, non avrei conosciuto le nozze, niente fianco a fianco davanti a un terzo che domanda: "Vuoi tu?". L'amore sarebbe stato una fermata breve tra gli isolamenti. Oggi penso a un tempo finale in comune con una donna, con la quale coincidere come fanno le rime, in fine di parola.

Di ritorno alle case c'era odore forte di pomodoro cotto. Era iniziata la provvista di conserva, le cucine si erano date appuntamento.

L'odore accompagnava i ritorni in terraferma a fine di settembre.

Quel giorno avevo visto per la prima volta lo spreco del rosso di sangue degli altri. Non ero uscito dalla cabina per fermarlo. Dovevo disperarmi di quei colpi e invece avevo assistito inerte fino al loro esaurimento.

Dopo che la lasciai mi salì alla testa la vergogna, lo scuorno, che non è rossore in faccia ma un picchio che scava il nido nell'albero vecchio. Avevo mancato. Non ero stato chi chiedo di essere. Chiedo a me stesso e mi sgomento di trovarmi scarso. Prima di allora ammettevo la mia impotenza di bambino, che si sfogava in lacrime, ma dopo i colpi incassati, dopo le ferite, l'avevo superata, consegnandomi ai cambiamenti violenti. E alla prima prova di comportarmi da persona nuova, neanche avevo riconosciuto l'occasione. Continuava a essere vera la definizione di mia nonna materna, diceva che ero armato di pietra pomice e ferro di calza, "preta pòmmice e fierro 'e cazetta". Era la mia dotazione, armato di una pietra senza peso e di un ferro che si piegava subito. Me lo ripetevo tornando a casa. Il napoletano sa frustare. In nessun'altra lingua risento l'ulcera di un insulto. Chi me ne scaglia uno in italiano fa come chi tira un sasso all'ombra anziché al corpo.

Dopo la sorpresa di poter nominare la parola amore, veniva l'esperienza fisica della vergogna, una presa potente sopra i nervi. Oggi so che è un sentimento politico perché spinge a rispondere per togliersela dalla faccia. La vergogna di aver lasciato andare il sangue di quei due senza una mossa mia per arrestarlo. Non ero più un bambino e in cambio ero all'incirca niente.

Quel poco di un'estate di cinquant'anni fa, fissato dalla focale della distanza, s'ingrandisce. Non solo da una cima di montagna, anche in un microscopio si scorgono orizzonti.

A casa mamma raccontò di avere incontrato un signore, un nobile di qualche casata, che l'aveva salutata. Intendeva farle il baciamano, ma lei disabituata alla cerimonia aveva semplicemente allungato la mano per la normale stretta. Lui le prende le dita e le gira per il bacio. Lei sorpresa fa la mossa istintiva di difesa e cerca di ritirare la mano. Lui la stringe e l'attira, lei la ritira, lui la trattiene. In pochi istanti si svolge una piccola colluttazione muta, finché lei capisce l'intenzione galante e smette di resistere nel momento in cui l'altro più decisamente porta alle labbra le dita di mamma. Così invece di un baciamano, il nobile si è dato un cazzotto in bocca con la mano di mamma. Poi confuso e stordito si è rimesso in testa un cappello da capitano di marina e si è dileguato. Lei ha fatto la strada fino a casa scoppiando di risate.

A cena le chiesi se si era vergognata di qualcosa durante la guerra. "Scuorno? E di che? La guerra mi ha scippato l'età migliore. La guerra si doveva mettere scuorno." Ci pensò un poco. "Sì, di un ragazzo, mi stava dietro, avevo diciassette anni. Ne avevo diversi intorno, ero bella, libera. Sì, la guerra permetteva una strana libertà. Gli adulti erano impegnati in faccende serie, stavano meno addosso ai figli. I bombardamenti aerei ci facevano diventare uguali e anche utili. Quel ragazzo mi corteggiava. Era il '42, gli toccò di partire marinaio. Mi chiese un appuntamento il giorno prima, non so perché non ci andai, distratta da altre cose. Mi scrisse una lettera. La sua nave fu affondata. Ho avuto vergogna di quello e ce l'ho ancora, visto che me lo ricordo. Mannaggia a te, che mi fai ricordare?"

"Mi dispiace, pensavo a qualche vergogna più piccola."

Non le avrei raccontato la mia.

"Tu piuttosto cerca di non vergognarti tra poco all'esame di riparazione."

Mi era uscita di mente la matematica. Con il professorino mi ero impratichito di esercizi, quella materia era diventata una variante dell'enigmistica. Chiedeva di raggiungere una soluzione in fondo a una sequenza di passaggi in salita. Come succede alle scalate, c'è un ultimo passo che fa da soluzione.

"Allora la sai la matematica?"

"La so."

Dalla finestra aperta entrò la musica di qualcuno che suonava. "Ti piacerebbe imparare la chitarra? A leggere la musica?"

Oggi salgo sulla nobile pedana di legno di un teatro, di una piazza, a raccontare storie e anche a cantarle pizzicando con le dita le sei corde. Metà secolo fa la chitarra entrò nella mia vita dalla finestra aperta e dalla voce di mamma. In quel momento si decise il rapporto tra la musica e me. Dissi: "No" e non sono stato più perdonato. Non vado oltre la strimpellatura e pure se invento una musica, non la so scrivere né leggere. O la fisso a mente oppure, e va bene così, la perdo. Le dita vanno sulle corde con polpastrelli avviati a usi più grezzi. Sulla chitarra appoggio più la voce che le mani. Dissi no alla sua proposta per non aggiungere altro studio e togliere il tempo di leggere e stare con le storie. Lei non si scoraggiò, tornando altre volte sul vantaggio di tenersi compagnia con una chitarra. All'età di tredici o quattordici mi mise sulle ginocchia i bei fianchi di legno dell'arnese.

Ce l'ho ancora, impiccato a un chiodo nella stanza. Lo stacco di lì in qualche sera di tempesta tra gli alberi e scrosci sul tetto. Oppongo al jazz di fuori un po' di melodie napoletane. Sono grato a lei che mi convinse a metterci le mani. Mi sono tenuto buona compagnia con le sue corde. Le canzoni imparate da mamma hanno forzato la mia voce chiusa. Le porto in giro sopra un palco, la luce in faccia che ha l'effetto opposto, di starmene davanti a un buio, e a quel buio mi rivolgo, a un angolo dove ci sta lei che mi ha insegnato ogni sillaba e che mi ha chiesto fino agli ultimi giorni di cantarle qualcosa. In ogni stanza e sala, quando canto in napoletano, esiste lei che ascolta. Gli assenti hanno bisogno di una voce che li chiami fuori dall'assenza e li costringa a starci nuovamente, per la durata di una canzone almeno. Mamma di cenere ammucchiata sul campo, le nostre notti di marzo, la siringa pronta a estrarre la spina del dolore, la stanza di passaggio dove la vita stentava a finire e le dita non si volevano staccare. Mamma che mi fa orfano da vecchio. Mi posavo la sua mano tiepida e sfinita sulla fronte e così tornavo a respirare calmo. Prima dell'alba aprivo la finestra per fare entrare l'aria nuda che non aveva visto luce e s'infilava svelta nei polmoni. Mamma, negli ultimi giorni avevi il profilo di un uccello in volo.

"Ti piacerebbe imparare la chitarra? A leggere la musica?"

"No", il mio no imbecille.

Chiedevo della guerra perché sono del 1900, nato nella metà e avrei voluto esserlo di più, nascerci prima per averne più parte e per morirci dentro, magari il 31 dicembre del '99. Quando mi si è fermato il cuore in ospedale, offrendomi esperienza della morte, pensai il sollievo di morire prima di lei.

Chi ha avuto figli ha visto su di loro il tempo crescere. Io l'ho potuto seguire sugli alberi piantati, sull'ombra delle chiome che si allarga a terra. Le perdite dei miei due finiti in braccio a me non le ho pareggiate con nascite di figli, sbirciando di nascosto addosso alle creature nuove una prolunga loro. Le vite dei miei due stanno nella prigione degli assenti e non mi passa giorno senza che aspetti fuori.

Chiedevo della guerra per misurare la distanza tra quell'epoca e la mia, ma non c'era misura. Sono cresciuto con la luce elettrica, non posso sapere di quando un bambino di Napoli andava a raccogliere la cera colata dalle candele in chiesa, per rivenderla. Esistono distanze che si possono dire e non contare.

"Sciàcquati i capelli, non uscire stasera con il cespuglio in testa. Vieni qua, aspetta."

Mi fece chinare sulla bacinella, mi versò una brocca d'acqua sulla testa, una strofinata e poi, bagnati ancora, me li pettinò.

"Mi sono abituata al tuo naso scassato, ti dà un'aria cresciuta."

Quando finiva l'acqua nel rubinetto ne restava un fondo nella cisterna in cortile. Sollevato il coperchio ci calavo dentro il secchio di ferro legato con una corda al manico. Scendeva sbatacchiando contro i bordi e scampanava. Sul fondo s'inclinava per riempirsi, lo tiravo su a strappi di braccia verso l'alto. Il secchio appesantito sgocciolava nel vuoto, un rumore di tacchi in una chiesa. Lo versavo nel bacile di mamma. Dopo essersi lavata, usava l'acqua per pulire il pavimento con uno straccio. Ce n'era poca e l'accompagnavamo fino all'ultimo uso. Quella per cuocere la pasta finiva nella tazza del bagno, non andava bene, salata, per la terra.

Mi stava giusta quella scarsità, metteva una premura nelle nostre faccende. L'ho applicata di nuovo nella costruzione della casa tra i campi, raccogliendo l'acqua piovana dai fossi, usandola per impastarci malta. Era inverno e non c'era ancora il pozzo e la corrente elettrica.

A settembre la prima pioggia sull'isola era accolta con i recipienti all'aperto. Era allegro il rumore delle gocce dentro le bacinelle, i secchi, le pentole e i tegami. L'acqua piovuta dopo molto asciutto era una tarantella scatenata tra i cortili. Mamma raccolse in un secchio la sciacquatura dei miei capelli. M'incamminai all'aperto. La testa bagnata metteva fresco alle tempie.

L'appuntamento era al molo, lei era già lì sotto un fanale carico di farfalle della luce. Si staccò da loro, venne incontro e disse divertita: "Ti sei ripulito per me? Lusingatissima, messere".

"Questo è il mio primo appuntamento, damigella."

Ci avviammo alla spiaggia dei pescatori, sgombera di sera. Le barche in secco allineate offrivano l'appoggio per la schiena e tra di loro tutta la quiete che serviva. Ci sedemmo sulla sabbia vicini, spalla a spalla, non veniva voglia di parlare. Qualche voce usciva dalle stanze dei pescatori, dal mare no che faceva il solletico alla riva.

"Ti piace l'amore?" chiese guardando dritto di fronte, dove si alzava la fiancata di una barca colorata di bianco e di una striscia azzurra.

"Prima di questa estate lo leggevo nei libri e non capivo perché gli adulti si scaldavano tanto. Adesso lo so, fa succedere cambiamenti e alle persone piace essere cambiate. Non so se piace a me, però ce l'ho e prima non c'era."

"Ce l'hai?"

"Sì, mi sono accorto di avercelo. È cominciato dalla mano, la prima volta che me l'hai tenuta. Mantenere è il mio verbo preferito."

"Cose buffe dici. Sei innamorato di me?"

"Si dice così? È cominciato dalla mano, che si è innamorata della tua. Poi si sono innamorate le ferite che si sono messe a guarire alla svelta, la sera che sei venuta in visita e mi hai toccato. Quando sei uscita dalla stanza stavo bene, mi sono alzato dal letto e il giorno dopo ero a mare."

"Allora ti piace l'amore?"

"È pericoloso. Ci scappano ferite e poi per

la giustizia altre ferite. Non è una serenata al balcone, somiglia a una mareggiata di libeccio, strapazza il mare sopra, e sotto lo rimescola. Non lo so se mi piace."

"Il bacio che ti ho dato, quello almeno ti è piaciuto?"

"Quello non era dato a me, era sbattuto in faccia a loro due per terra."

Seduti di fianco in poca luce, le parole venivano su svelte, a bollicine.

"Allora te ne devo uno tutto tuo?"

Si voltò verso di me. Per istinto volevo girarmi dalla parte opposta, ma una forza imprevista mi girò testa e collo dalla parte sua. Si fermò la parlantina che mi era uscita facile mentre non la guardavo. Era così bellissima vicina, le labbra appena aperte. Mi commuovono quelle di una donna, nude quando si accostano a baciare, si spogliano di tutto, dalle parole in giù.

"Chiudi quei benedetti occhi di pesce."

"Ma non posso. Se tu vedessi quello che vedo io, non li potresti chiudere."

"Da dove ti spuntano questi complimenti, piccolo giovanotto?"

"Che complimenti? Dico quello che vedo."

"Ora basta." Mi passò le dita sopra gli occhi e poi con quelle dita scese ai lati del naso, passando per la bocca, fino al mento. E mi posò le labbra sulla bocca mezza aperta dalla meraviglia.

"Meraviglia," dissi quando si staccò, facendolo pianissimo.

"Questo era tuo. Te lo chiedo ancora, ti piace l'amore?"

"Be' sì, se è questo, sì." Pensai che avrei capito tutti i libri da quel momento in poi.

Se ne aggiunsero ancora, di baci tra le barche. Dopo ognuno mi accorgevo di crescere, più delle ferite. Non chiedeva più di chiudere gli occhi. Vedevo le sue palpebre abbassarsi, e poi serrarsi al momento preciso del contatto di labbra. Mi passò anche le dita tra i capelli, mi studiava la faccia, le spuntava un sorriso e poi di nuovo un bacio. Le mani si facevano carezze.

Restammo seduti di fianco, le ginocchia tirate su. I baci spingevano dai talloni puntati nella sabbia. Risalivano le vertebre fino alle ossa del cranio, fino ai denti. Ancora oggi so che sono il più alto traguardo raggiunto dai corpi. Da lassù, dalla cima dei baci si può scendere poi nelle mosse convulse dell'amore.

Scorro da molto tempo sopra scritture sacre, senza spunto di fede. Nella lettura gusto l'alfabeto antico, la mia conoscenza avviene nella bocca. L'ebraico antico gira come un boccone tra lingua, saliva, denti e sella di palato. Aperto a ogni risveglio, è un avanzo di manna, prende i gusti desiderati sul momento, come succede ai baci.

La prima coppia umana, creata in un giardino il giorno sesto, ebbe sopra di sé la prima notte sconfinata. A loro insaputa spuntò nei corpi l'appetito, la sete, l'entusiasmo e il sonno. La prima notte, sconosciuta, sembrò a loro il resto del giorno uno, sbriciolato in puntini luce. Non sapevano se sarebbe tornato il sole, allora si abbracciarono. Le bocche si trovarono accanto e inventarono il bacio, il primo frutto della conoscenza. Era mercurio quella conoscenza, un liquido sensibile alla temperatura dei corpi. So quella prima volta perché l'ho avuta anch'io quell'ora sulla bocca, nel loro identico istante, su una sabbia di mare, il cielo scoperchiato sulla testa.

La stanza tra le barche fu schiarita dalla luna salita sulla prua di fronte. Ci staccammo, le labbra intorpidite. La via verso le case fu alla cieca, perdendola affiancati. A un bivio ci separammo, sciogliendoci le mani senza necessità di altro saluto. Eva e lo sposo suo, usciti dal giardino, avevano già avuto tutto il bene del mondo. La vita aggiunta dopo, lontano da quel posto, è stata una divagazione.

Adesso e qui sta bene la parola fine, sorella minore di confine e di finestra chiusa.

Erri De Luca per Feltrinelli

Non ora, non qui (1989, nuova edizione ampliata 2009)
Un'infanzia che non tornerà più, Napoli sullo sfondo, lo struggimento di una vita che ci rende estranei a noi stessi, e al nostro passato.

Una nuvola come tappeto (1991)
Un invito a leggere la Bibbia, cercando in ogni passo ciò che è stato scritto per noi, per lasciarci trovare tra quelle righe.

Aceto, arcobaleno (1992)
Un eremita dai capelli ormai bianchi rievoca tre amici di gioventù. Il primo è stato terrorista e muratore, il secondo ha scelto la via della religione, il terzo è un vagabondo...

In alto a sinistra (1994)
Giovinezza a Napoli, lavoro operaio e ricerca di altro. "Le storie di questo libro stanno nel perimetro di quattro cantoni: un'età giovane e stretta, di preludio al fuoco; una città flegrea e meridionale; la materia di qualche libro sacro; gli anni di madrevita operaia di uno che nacque in borghesia."

Alzaia (1997, nuova edizione aggiornata 2007)
Dalla A di Agguati alla Z di Zingari, un libro "per voci", come un vocabolario. In realtà, è la festa di un "lettore solitario". Un esercizio per non perdere la memoria.

Tu, mio (1998)
In un'isola del Tirreno, in mezzo agli anni cinquanta, un pescatore e una giovane donna trasmettono a un ragazzo la febbre del rispondere, che segna il duro passaggio all'età adulta.

Tre cavalli (1999)
La vita di un uomo dura quanto quella di tre cavalli, dice una filastrocca dell'Appennino emiliano. Da qui lo spunto per la storia di un'esistenza tumultuosa, tra lotte operaie a Torino, guerriglia e amore in Argentina, fuga in Patagonia e nelle Falkland, il ritorno in patria e un nuovo incontro.

Montedidio (2001)
Un quartiere di vicoli a Napoli: Montedidio. Un ragazzo di tredici anni che va a bottega dal mastro falegname. Una vita nuova scritta su una bobina di carta. Un boomerang da portare sempre con sé. E poi don Rafaniello, lo scarparo, che rivela il suo segreto, e Maria, che ha tredici anni e fa innamorare.

Il contrario di uno (2003)
"Due non è il doppio ma il contrario di uno, della sua solitudine. Due è alleanza, filo doppio che non è spezzato." Venti racconti e un poemetto in versi.

Solo andata. Righe che vanno troppo spesso a capo (2005)
Il drammatico viaggio di un gruppo di emigranti clandestini verso i "porti del nord". Un poema scabro, tragico, potente. Un grande romanzo in versi. La scommessa della parola poetica di fronte a una materia (umana, civile, sociale) quasi "intrattabile" che qui diventa disegno delle sorti del mondo.

In nome della madre (2006)
Il piccolo libro del Natale, del nascere al mondo e alla vita. L'enorme mistero della maternità. Una storia di Maria che restituisce alla madre di Gesù la meravigliosa semplicità di una femminilità coraggiosa, la grazia umana di un destino che la comprende e la supera.

Il peso della farfalla (2009)
Una farfalla bianca sta sul corno del re dei camosci, un fucile sta a tracolla del vecchio cacciatore di montagna. Li attende un duello differito negli anni. Più che la loro sorte, qui si decide la verità di due esistenze opposte... Il racconto della radicalità della natura, dell'"antichità" del conflitto tra uomo e animale.

Il giorno prima della felicità (2009)
I sentimenti, il corpo, il sesso, la gelosia, l'onore, la morte, il sangue e l'esilio... Il riscatto di Napoli attraverso la formazione di un giovane orfano che cresce alla scuola di don Gaetano, diventando testimone dei giorni della rivolta della città alla fine dell'occupazione tedesca.

E disse (2011)
E disse: con questo verbo la divinità crea e disfa, benedice e annulla. Dal Sinai che scatarra esplosioni e fiamme, vengono scandite le sillabe su pietra di alleanza. Mosè, primo alpinista, è in cima al Sinai. Inizia così il suo corpo a corpo con la più potente manifestazione della divinità.

I pesci non chiudono gli occhi (2011)
Un uomo, cinquant'anni dopo, torna coi pensieri su una spiaggia dove gli accadde il necessario e pure l'abbondante. Le sue mani di allora, capaci di nuoto e non di difesa, imparano lo stupore del verbo mantenere, che è tenere per mano.

Per "I Classici" Feltrinelli ha tradotto e curato

Esodo/Nomi (1994)
"Un libro sacro, un'avventura per anime in fiamme e in travaglio, non per quieti": il libro più suggestivo dell'Antico Testamento, tradotto come se non fosse stato mai fatto prima.

Giona/Ionà (1995)
Libro minimo per numero di versi e immenso per deposito di leggende. Narra di Giona e del suo nome, dei giorni nella pancia della balena, della sua liberazione. E di Ninive, la città-donna, l'insonnia dei profeti.

Kohèlet/Ecclesiaste (1996)
La provvidenza ha voluto che questo libro rientrasse nel canone sacro. Lo si legge per grazia di questa assunzione, ma un lettore sempre si chiede cosa ci stia a fare Kohèlet nell'Antico Testamento. E si risponde, se crede: "amen", verità.

Libro di Rut (1999)
"Dal grembo di Rut passerà la stirpe di Davide e dunque del Messia. Nessun angelo la avvisa e nessun sogno, ma basta la sua pura volontà di essere sposa e madre in Israele."

Vita di Sansone (2002)
"L'amore della filistea Dlilà e dell'ebreo Shimshòn scavalca le trincee, scombina le linee. È impolitico, inservibile ai calcoli, perciò perseguitato. Però dura, resiste più che può all'assedio, e anche quando cede, non tradisce."

Vita di Noè/Nòah (2004)
Genesi/Bereshìt, 6,5-9,29: la storia di Nòah/Noè. "Il creato si disfa sotto la più schiacciante alluvione. Da allora sussiste il secondo mondo. Dio ha annullato la sua prima stesura della vita..." Ma "Dio è uno, la vita no".

L'ospite di pietra di Puškin (2005)
"Puškin scrive questa piccola tragedia in versi contro se stesso... Alla fine di questo atto di accusa contro il genere maschile, Puškin ha espiato. Per chi prende assai sul serio le parole, scrivere è scontare."

Sempre per Feltrinelli, ha pubblicato con Gennaro Matino

Mestieri all'aria aperta. Pastori e pescatori nell'Antico e nel Nuovo Testamento (2004)
Nell'Antico come nel Nuovo Testamento tutto si svolge fuori, all'aria aperta. Battaglie, amori, preghiere, sacrifici. Predicazioni, miracoli, morte e resurrezione. Anche la vita quotidiana. Anche il lavoro. Il tempo di Abele, pastore. Il tempo di Pietro, pescatore. La terra, l'acqua. Il nostro destino.

Almeno cinque (2008)
Vista, udito, tatto, gusto, olfatto. Gli apostoli vedono Dio, lo toccano, sentono la sua voce, ne percepiscono il profumo, condividono il pane nell'ultima cena. La fisicità della divinità deve essere presa alla lettera. La meravigliosa concretezza dei sensi letta attraverso i testi della scrittura sacra.